J. G. von Herder

# Zerstreute Blätter

J. G. von Herder

**Zerstreute Blätter**

ISBN/EAN: 9783743477124

Hergestellt in Europa, USA, Kanada, Australien, Japan

Cover: Foto ©Andreas Hilbeck / pixelio.de

Weitere Bücher finden Sie auf **www.hansebooks.com**

# Zerstreute Blätter

von

## J. G. Herder.

---

### Fünfte Sammlung.

---

Gotha, 1793.
bey Carl Wilhelm Ettinger.

# Vorrede.

Andre Zeiten, andre Gedanken. Als ich die Sammlung der zerstreueten Blätter dieses Theils unternahm, glaubte ich bei dem, was jetzt die Seelen so vieler Menschen beschäftigt, eben nicht nach Ergötzlichkeiten des Witzes und der Einbildungskraft suchen zu müssen, sondern nach Etwas, das dem Gemüth Belehrung und Stärke ertheilet. Also kam mir mein alter, geliebter Joh. Valent. Andreä wohl zu statten.

 Von

Von diesem vortreflichen Mann hatte
ich in jugendlichen Jahren eine gute Anzahl
Stücke übersetzt, einige derselben auch hie
und da bekannt gemacht; und ich darf wohl
sagen, daß mich keine Zeile reuet, die ich
zu Erweckung des Andenkens dieser seltnen
schönen Seele geschrieben habe. Im Wir-
tenbergischen Repertorium der Literatur erschien sein Leben, dessen besondre
Herausgabe vielleicht nützlich wäre; es ist
von einem gelehrten, den Charakter Andreä's fassenden Manne geschrieben. Mo-
ser in seinem patriotischen Archiv für
Deutschland (B. 6.) machte Briefe von
ihm bekannt, mit Anmerkungen, in denen
sich Mosers biedrer Geist nicht verläugnet.

Was

Was zunächst hieher gehört, sind Andreä Dichtungen, zur Beherzigung unsres Zeitalters, die 1786. mit meiner Vorrede erschienen. Sie sind sehr gut gewählt, blühend und leicht übersetzt, oft auch nach den Bedürfnissen unsrer Zeit verändert, und verdienen allerdings die Beherzigung, die ihnen der Uebersetzer wünschte.

Mein Zweck war es nicht, den alten Andreä zu verändern. Ich wählte also aus meinen Papieren nur das, was noch nicht übersetzt war, wenige Stücke ausgenommen, die ich gern in ihrer alten Gestalt zeigen wollte; fand aber bei dieser Auswahl etwas Sonderbares zu bemerken. Dichtungen und Gespräche, die in den Jahren



1770

1770 und 1780 ohn' alle Gefährde erschienen wären, fand ich gut, im Jahr 1793 lieber zurückzuhalten, ob sie gleich 1617 oder 20 verfaßt waren; es waren unter diesen trefliche Parabeln und Gespräche. In den andern, glaubte ich, spreche das unschuldige Herz eines Mannes, der vor zweihundert Jahren gelebt hat, so laut, daß man dabei an keine Misdeutung denken möge. Wie belehrend und tröstend sind überhaupt diese Herzensergiessungen des gedrückten Mannes! Er glaubte das Uebel seiner Zeit auf dem höchsten Gipfel; und aus wie manchem dieser Uebel ist seitdem Gutes entstanden! Manche Wunde hielt er für unheilbar, die die Zeit entweder ge-

heilt

heilt, oder vielleicht zu einer größern Gesundheit des Körpers fortdaurend gemacht hat.
Der Geist erhebt, das Gemüth stärkt sich
ungemein bei einer solchen Vergleichung
der Zeiten nach dem damaligen Gefühl
herzlicher Menschen. — Für die drei ersten Stücke dieser Sammlung habe ich damit gnug gesaget.

Andreä führte mich auch zum vierten
Stück, dem Andenken an einige ältere Deutsche Dichter. Ueber ihn und
Weckherlin hatte ich vor Jahren im Deutschen Museum einige Briefe drucken lassen, die mich natürlich auf ältere Dichter
zurückführten. Gewiß werden diese Briefe, der eingerückten Stellen wegen, vielen



Le-

lesern nicht unangenehm seyn: denn ich glaube kein Wort davon, daß die Deutschen mehr als andre Völker für die Verdienste ihrer Vorfahren fühllos seyn sollten. Der Keim alter Rechtlichkeit, Biederkeit und Treue ist in ihnen; ob sie gleich in ältern und neuern Zeiten durch das Schaumgold mehrerer Ausländer, eben ihres guten Glaubens wegen, oft verführt und fast immer betrogen wurden. Mich dünkt, ich sehe eine Zeit kommen, da wir zu unsrer Sprache, zu den Verdiensten, Grundsätzen und Entzwecken unsrer Väter ernster zurückkehren, mithin auch unser altes Gold schätzen lernen. Der folgende letzte Theil dieser Sammlung wird also vielleicht Briefe über eini-

einige ältere Deutsche Profaiften enthalten, die, wie ich glaube, des Andenkens
sehr werth sind. Angenehm ist mirs auch,
daß ich die Erscheinung des Heldengedichts,
von dem im vierten Briefe die Rede ist, in
einer Gestalt anmelden kann, in der es gewiß, zum zweitenmal, ein classisches Buch
unsrer Nation seyn wird.

Die H. Cäcilia hat einen besondern Ursprung. Die ungewöhnliche Art, wie sie
zum Schußpatronat der Musik kam,
veranlaßte zuerst ein kleines Gespräch
in ein geschriebenes Journal, aus
welchem mehrere Stücke dieser Sammlung einverleibt worden. Mein Aufent-
halt in Italien ließ mich über die

* 5

got-

gottesdienstliche Musik mehr nachdenken, als dazu in Deutschland Gelegenheit gewesen wäre; und so widmete ich aus Dankbarkeit der H. Cäcilia diesen kleinen Aufsatz. Spreche man nicht von Hindernissen, von schönen Träumen; ich weiß, was sich darüber sagen läßt, und daß es endlich auf den Satz hinausgeht: „Die Zeit der christlichen Kirchenmusik ist vorüber.„ Sei sie es; das Gefühl der reinen Herzensmusik wird nie aussterben auf Erden, in welcher Gestalt diese Himmlische auch erscheinen möge.

Endlich erscheint mein alter Hutten, der, ich weiß nicht durch welchen Zufall, in einen Nachdruck Göthischer Schriften gekommen war. Ich habe diesem etwas wissent ben Gewächse so viel entnommen, als sich ihm, daß es noch am Leben bliebe, nehmen ließ, und nebst der Nachschrift auch einige Anmerkungen hinzugefüget. Ich glaubte, als ich den Aufsatz schrieb, ich müsse Hutten darstellen, nicht wie ihn andre ansähen, oder wie er den Meisten von uns jetzt erscheinen möchte, sondern wie Er sich fühlte, was er wollte und meynte; und dies glaube ich noch. Ueber ihn urtheilen kann sodann ein Jeder, und Jeder nach seiner Weise: denn Huttens Fehler sind unverborgen, und über den Erfolg seines Unternehmens hat die Zeit entschieden. In einen politischen Plan ist, so wie Sickingen, so auch Hutten nie verflochten gewesen; Hutten war kein Politicus,

und

und that, was er that, für die gute Sache
des Vaterlandes, für Religion und Wahrheit.  Andre wirkten dazu auf ihre Weise;
und ich bin so weit entfernt, Huttens persön-
licher Anfeindung wegen, des grossen, weit-
und breit verdienten Erasmus Verdienste
zu verkennen, daß in anderm Betracht Er
und Grotius vielmehr seit vielen Jahren
meine Idole gewesen.  Jeder werde auf seiner Stelle erkannt und geachtet.  Weimar,
den 14. Jun. 1793.

J. G. Herder.

In-

# Inhalt.



Die

II. Ue-

# I.

# Parabeln.

---

Gedruckt im Jahr 1618.

---

## Waffen und Wissenschaften.

Feder und Degen stritten mit einander um den Vorzug; und die Stimmen der Richter waren getheilt.

Die Gelehrten waren geschwätzig und überredeten leicht; die Gewapneten waren wilde und zwangen zu ihrer Parthei. So konnte nichts entschieden werden; es stand darauf, daß beide zum Handgemenge gelassen und die Sache durch einen Zweikampf entschieden werden sollte.

Da rauschten die Bücher der Bibliotheken, da tönten die Waffen der Zeughäuser; die Menschen standen zwischen Furcht und Hoffen in voller Erwartung.

Die Feder, der Wahrheit geweiht, war vieler Unwahrheit sich bewußt; das Schwert, ein=

 Dies

Diener Gottes, war mit unschuldigem Blut be-
sudelt; beide hofften auf die Hülfe des Himmels,
beide fürchteten seine Strafe.

Der Staat, der beider Dienst nöthig hatte
und die Sitten beider mißbilligte, wollte das An-
sehen haben, als ob er keinem zu Lieb oder Leid
dächte. Die Feder war schwach, aber behend,
schlüpfrig, wohl geübt, und sehr kühn, wenn
man sie reizte. Der Degen hart, unversöhnlich,
aber weniger gelenk und geschmeidig; so daß von
beiden Theilen der Sieg ungewiß war.

Endlich beschloß zu beider Sicherheit die gemeine Wohlfahrt, „daß wechselsweise beide
„in Einem Rang bei ihr stehen, und sich unter
„einander vertragen sollten. Denn nur das sei
„ein glückliches Land, wo Feder und Degen treu
„dienten, nicht wo Eine von beiden nach Will-
„kühr und Leidenschaft herrschte.„

Die

# Die Irrenden.

Im Collegium der Experimental-Philosophie ist ein großes Stockwerk denen angewiesen, die bey kühnen Versuchen ihren Zweck nicht erreichten. Da wohnen Mathematiker, die sich um die Quadratur des Cirkels vergebens bemühten; Scheidekünstler, denen der Stein der Weisen im Rauche davon flog; Mechaniker, denen ihr perpetuum mobile stillstand; und andre sinnreiche Köpfe, denen ihre kostbare Mühe um die Geheimnisse der Natur mißlang.

Ein vorübergehender Zuschauer (Mikrolog ist sein Name) lachte sie höhnend an und warf ihnen Verwegenheit vor. „Ei welch ein Irrgeist, sprach er, hat diese Hochmüthigen verführt, die geschlagene Bahn des Erfundenen zu verlassen, und sich in Abwegen der Neugier zu verlieren?„

Cardan, einer der Vorgesetzten über diese Schatzgräber der Natur, ertrug den beleidigenden

Vorwurf nicht. „Und du, antwortete er, haſt nicht vermocht zu irren. Armſelige Sache, zu irren nicht vermögen! Nach unſrer Art auf Abwege gerathen, iſt eines zu hohen Gemüths Kennzeichen, als daß es einer niedrigen, im Kothe ſich ſchleppenden Seele zu Theil werden könnte. Uns gefällt zu verſuchen; Du mußt bleiben laſſen. Wir dörfen fragen; Du mußt glauben. Wir mögen zweifeln; Du mußt gehorchen. Wir erforſchen; und dann befehlen wir Dir. Präge dir alſo ein, daß es keinen edleren Künſtler giebt, als der durch eigne Fehler, Fehler vorauszuſehen und zu vermeiden gelernt hat; keinen edleren Naturforſcher, als der, obwohl mit rühmlichen Fehltritten, die ganze Natur durchſchreitet. Wenn ſein Fall ihn als einen Menſchen zeigte; ſo kam er dadurch, daß er nichts Mittelmäßiges anſtrebte, beinahe dem gleich, der das Höchſte erfaßte.

Das

# Das Laboratorium.

Mitten in der Stadt Kosmopolis stehet ein groszes Laboratorium menschlicher Bemühungen, das durch die unendliche Verschiedenheit seiner Arbeiter die Zuschauer in Bewunderung zu setzen pfleget.

Vor anderm ist darinn merkwürdig, daß diejenigen, die sich mit Nichtswürdigkeiten beschäftigen, die fleißigsten Arbeiter sind. Da giebt es z. B. viele, die mit dem größesten Ernst Ungereimtheiten befehlen; viele die mit ungeheurem Stolz Possen lehren; viele, die mit lächerlichem Aberglauben Altweiber-Mährchen erklären; viele, die mit Mühe und Schweiß Spielwerke sammlen, und solche mit großem Geräusch unter sich vertheilen. Bei allen diesen Beschäftigungen wird viel gestritten, viel gezankt, meistens über einen Eselsschatten, über Ziegenwolle, über Dunst und Rauch.

A 4

Doch

Doch giebt es auch andre Arbeiter, die, in dem sie sich mit Nichts zu beschäftigen scheinen, die größesten Dinge vorhaben; sie arbeiten ruhend, sie lehren spielend. Lachend bessern sie und sind in Thorheit weise. Ohne Schweiß und Keichen, ohne Geräusch und Pralerei nehmen sie sich ihres Geschäfts aufrichtig an und treiben es auf dem kürzesten Wege.

Als Herkules einmal dies Laboratorium mit beiden Augen beschauet hatte, that er einen hohen Schwur, „daß in den Geschäften der Menschen „alles zwar mit viel Hyperbolen, Cerimonien, „Kosten, Geräusch und Lermen gemacht werde; „am Ende aber sei das Meiste doch Kinderwerk, „Dunst und Spiel.„

Der

# Der Ruf.

Einst brachte der Ruf die Bilder berühmter und unberühmter Männer auf den Markt; und kein Waarenhändler hatte je mehr Beschauer, mehr Käufer.

Wie auch anders? Man bekam hier Männer zu Gesicht, die zum offnen, oder stralenden Himmel andächtig hinaufschauten; Männer, die die Landcharte mit dem schärfsten Blick ansahen; Männer, die mit Fernglas und Cirkel das ganze Naturgebäude maassen; Männer, die mit einem Gebund Schlüssel in der Hand alle Schatzgierigen zu sich einluden, und (warum gehe ich rückwärts?) Menschen, die Jupiters Blitz mit unverletzbarem Arm schleiderten, und die Erde dem Gebiet des Himmels entzogen hatten; Helden, mit der nachsehendsten Kunst Apelles gemahlt, die auch den kältsten Menschen zur Tugend aufriefen.

A 5        Von

Von ungefähr kam die Gegenwart der Dinge auf den Markt, betrachtete die Bilder, las ihre Titel, untersuchte ihre Embleme, ihre Lobschriften und brach in ein lautes Gelächter aus. Dann kehrte sie sich zu den Käufern und sprach: „entweder kannte ich diese Männer nicht, oder ich fand bei ihrer keinem, was ich hier von ihm sehe und lese.„

Dagegen betrachtete sie auch die Bilder der Unberühmten, und hatte mit vielen derselben Mitleid. „Wie manchen Ruhmwürdigen Mann vergessen wir! seufzete sie; wie manchen ziehen wir hervor, der ins Dunkel gehörte!„

Die

# Die Flecken.

Unachtsam wandelten einst im Garten der Wohllust einige Fremde; bezaubert von der Anmuth der
Gegenstände besahen sie alles und geriethen zuletzt
in unterirrdische Grotten.

Da spritzten Röhren auf sie und machten sie
naß; sie eilten nach Hause, und als sie sich trocknen wollten, fanden sie die Flecken von sehr ver-
schiedener Art.

Die nur von Eitelkeit, Trägheit, Geschwä-
tzigkeit, Meinungssucht bespritzt waren, wurden
bald trocken, und ihre Kleider hatten keinen
Schaden.

Die Hochmuth, Geiz, Neid, Unmäßigkeit
genetzt hatten, trockneten langsamer; ihre Kleider verlohren den Glanz.

Die

Die endlich Wohllust und Blutdurst besprengt
hatten, mochten lange und oft ihre Kleider be=
schämt ans Feuer hängen; die Kleider schrumpf=
ten zusammen und behielten ihre Makel.

Ach, sagte jemand, der zusah, „für die Fle=
cken des Gewissens ist keine Lauge und Seife.„

# Pallas.

Pallas schlug einst ein Büchelchen auf; ein Literator sah es und lachte. Was hast du, rief er aus, mit Büchern zu schaffen?   Du, die ich eben nur in Waffen sah.„

Sie erstaunte über das bärtige Kind und sprach voll Unmuth:

Vielleicht wohnen die Wissenschaften nirgends schlimmer, als bei dir; nirgend besser als bei mir. Dir sind sie Sackträger, die Vocabelbücher schleppen; mir sind sie über Irdisches und Himmlisches Richter. Dein enger Kopf ist arm und leer, außer von Spinngewebe und Moder; ich habe zu Betrachtungen einen Pallast, zum thätigen Leben Ländereien, zu Erfindungen Wälder und Haine, wo allenthalben ich meine Gäste prächtig aufnehme und bewirthe.

Zwei

„Zweifelst du daran, so denke an die Scali=
ger, die Dousa's, Ranzau, Hutten, Bra=
he, Mornai, Thuan, Welser, Enens
Fel; sie allein nenne ich dir aus so viel andern
Namen: und der Könige und Fürsten schweige
ich ganz. Haben diese bei mir minder köstlich
gelebet? Haben sie dein Hunger= und Kummer=
leben je begehret?

Lerne also von mir, daß eine edle Abkunft
mit der Gelehrsamkeit sich auch zusammen schicke,
und daß es einen gewaltigen Unterschied mache,
ob Wissenschaften an eine grosse oder verworfne
Seele gerathen.

Das

# Das Verdienst.

Das Verdienst war Vater vieler Kinder, und doch schien es sich um ihr Fortkommen am wenigsten zu bekümmern.

Geschlecht und Reichthum stellten ihm vor; es möchte doch aus dem Beispiel Derer Klugheit lernen, die von ihrer prächtigen Hoffnung so tief hinabgesunken seyn; aber das Verdienst pries seine Thaten, die viel zu groß seyn, als daß sie auch in Nachkommen vergessen werden könnten. Es bliebe ja, meinte es, der Welt nicht nur sein Name, sondern auch Denkmale seiner Arbeiten, seines Verstandes, seiner Nutzbarkeit zurück, die für die Seinigen wohl sorgen würden.

Die Politik lachte. „Weiß der Einfältige nicht, sagte sie, daß es der Zeit nie an Werkzeugen, daß aber Werkzeugen es oft an einer Zeit fehle,

fehle, die sie anzuwenden Lust hat? Weiß er nicht, daß man hiebei nach einem andern Calcul rechne, als nach dem Goldgepräge verdienter Namen?

Das merkten sich einige Kinder des Verdienstes, die sich lieber unter jedem andern, als unter dem väterlichen Namen um Dienst bewarben; den andern diente der leere, anmaaßende, träge und verdrießliche Geschlechtsname zu nichts, als daß sie in die Luft schnappten.

Einer der Alten sahe dies und sprach: „ach, wie könnte irgend ein Mensch um die Welt Verdienst haben, da Jesus Christus selbst sich um sie so übel verdient gemacht hat!„

Die

# Die Nachwelt.

Den Schriftstellern ward durch einen höchsten Befehl geboten, daß künftig jeder nichts als in und aus seinem Fach, von seiner Facultät und Handwerkswissenschaft schreiben, niemand aber sich mit Politisiren, mit Raisonniren über Welts händel und Sitten der Zeit abgeben sollte.

Das thaten sie nun treulich; vom Geist der Sitten ward nichts gesagt, hie und da nur mit Zittern und Zagen darüber ein verstohlner Wink gegeben.

Die Nachwelt hörte dies und erstaunte. Sie nahm wahr, daß durch solche List alle bösen Handlungen der Menschen begraben, daß für sie alles in Ungewißheit und Nacht gehüllet werden sollte, damit sie ja Gottlosigkeiten für heilige Sitten, Grausamkeit für Gerechtigkeitsliebe, Thorheit für sinnreichen Witz annehmen müßte.

B          Also

Also bat sie einige rechtschaffene Männer zu sich und flehete sie ängstlich an, sie möchten sich ihrer erbarmen, und ihr mit männlicher Wahrheit und edler Freiheit unverfälschte, nicht trügliche Waare zukommen lassen. Der Haß, sagte sie, den Ihr darüber leidet, dauert nicht lange; mit Einem Zeitalter ist er vorüber. Verwischt und vergessen sind sodann alle die nichtigen Umstände um euch her; indeß euer lobwürdiges Unternehmen, eure schöne Kunst, Angenehmes und Nützliches zu verbinden, ans Licht tritt, und die ganze Nachwelt euch mit dem gebührenden Preise ehret.„

Her-

## Herkules.

Als Herkules die Erde wieder besuchte, fand er auf ihr drei wilde, verderbliche Ungeheuer, Tyrannei, Sophisterei und Heuchelei.

Die erste regierte statt der Macht, die zweite statt der Wissenschaft, die dritte statt der Liebe.

Er wußte, er müsse sie überwinden; Leib und Leben war ihm dafür nicht zu theuer. Einige kleine Bestien, die jenes dreifache Ungeheuer hervorgebracht hatte, waren von ihm auch schon edel erlegt; die Mütter selbst aber konnte er mit keiner Gewalt aus ihren Hölen ziehen, noch zum Kampf bringen: denn sie hatten sich mit der Unwissenheit umschanzet. Was Herkules gegen sie that und unternahm, war vergebens.

 Da

Da nahm der Tapfere sich einen Streitge-
hülfen, den Weisen: *) denn, sprach er, so
lange die Unwissenheit unzerstört bleibt, können wir nie den Untergang jener Abscheulichen hoffen. Ist sie dahin, so ist „nichts Schwächeres
„auf der Welt, als das Reich der Gewaltthätig-
„keit, der Lüge und der Verstellung.„


*) Der Verfasser nennt hier den Thomas Campanella,
aus dessen Gedichten er auch diese Einkleidung genommen hat.


Die

## Die Erfinder.

Auf dem Staatstheater pflegen die durch Preise hervorgelockt zu werden, die etwas Edles und Nützliches erfinden.

Unlängst trat ein Patriot hervor und versprach die Kunst, den Saft der Unterthanen, ohne daß sie es merkten, aus ihnen in ein Privatbehältniß zu leiten.

Dabei hatte er Brillen, die zehnfach vergrößerten, so daß der Faden ein Strick, der Pfennig ein Ducaten schien; sodann auch Scheidewasser, ein süsser Trank, der inwendig alles aufzehrte, von aussen aber dem Körper seine Gestalt ließ.

Da trat die Rechtschaffenheit, der Staatskunst gewisseste Rathgeberin, auf, sah die Bestie grimmig an und sprach: Jetztlebenden soll nie-

B 3

mand

mand schaden; dieser Bösewicht aber wütet gegen Welt und Nachwelt. Das Fleisch will er verzeh:ren, und zukünftigen Geschlechtern die Haut nachlassen.

„Der Kaiser August ließ seine Stadt, die er von Ziegeln gebaut überkommen hatte, von Mar:mor erbauet zurück; Dieser will eine goldne Stadt in Asche der Nachwelt übergeben.„

Alle fielen der Rechtschaffenheit zu; der Pro:jectmacher ward in einen flammenden Ofen gewor:fen, und mit seiner umhergestreueten Asche die Luft versöhnet.

Der

## Der kranke Staat.

Längst hatte der Staat die Lungensucht; längst hatte er in seinen Gliedern Schwere gefühlet, und keine Arznei wollte helfen.

Das Concilium der Aerzte war, wie gewöhnlich, unter sich uneins; alle aber kamen darinn überein, daß der Kranke schwer zu curiren sei: denn sein Auge scheue und eckle sich an der Medicin, sein Mund schließe sich ihr, Hände und Füße erstarrten und der Magen gebe sie von sich. Ein einziger möge ihn etwa noch curiren, durch Kunst oder durch Zufall, und zwar ein altes Weib, die Armuth.

Die Armuth ward herbei geruffen; weit that sie ihren Mund auf, und sprach. Die unverschämte Schwätzerinn sprach also:

„Närrischer Kranker, warum bist du krank? Nur dadurch, daß du der Natur undankbar, ein



Feind

Feind deiner eignen Glieder, der jetzigen Zeit zur Schande, der künftigen zum Spott bist. Auf! nimm die Arznei, die dir die bittre Wahrheit, die genaue Oekonomie, die arbeitsame Gerechtigkeit reicht, und du wirst genesen:

Der beschämte Kranke nahm sie und genas. Zur Verwundrung aller Schlucker, Seiltänzer, Schmeichler und Buben genas er wirklich.

*     *     *

Einem treuen, aber ermatteten Pferde ziemen nicht blutritzende Sporne; ein guter Zuruf seines mitleidigen Reiters muntert es mehr auf, als alle Stöße in seine Seiten.

Sym-

## Symbole.

Die gemahlte Poeſie war in der Chriſtenheit ehemals wohl gelitten geweſen und ihres Scharfſinns halben gelobt worden; ſie mußte aber, ich weiß nicht weßhalb? einmal plötzlich unter die Scythen wandern.   Da war ſie in größer Gefahr.

Sie liebt bekanntermaaſſen Salz; und nur das reinſte Salz; die Scythen aber brauchen kein Salz, und waren der mahlenden Poeſie von Natur erzfeind.

Mochte ſie eine Sonnen- oder Mondfinſterniß, mochte ſie Nebelſterne, oder irgend ſonſt etwas mahlen, Zahnloſe Löwen, faule Bären, läßige Pflugtiere, lahme Pferde, magre Hirſche, räudige Wölfe, dumme Füchſe, Adler ohne Federn, Pfauen ohne Schweife, heiſere Hähne, geflügelte Schildkröten, roſtige Kronen, welke Kränze, welkende Roſen, befleckte Lilien, faules Obſt, angeggehauene Stämme, morsche Balken, morsche Kreuze, zerfallende Thürme, stumpfe Degen, zerrißne Fahnen, ausgelöschte Fackeln, verschimmeltes Brot, durchlöcherte Beutel — alles war verfänglich und verdächtig.

„Dank dem Himmel, rief endlich die mahlen=
„de Dichtkunst im Zorn aus, daß er die Freiheit
„der Menschen doch noch auf Eine Weise gesichert
„hat, durch Gedanken. Denken darf man
„doch auch bei den Scythen, was man bei ihnen
„weder thun, noch reden, weder bilden, noch
„mahlen darf.„

Der

# Der Augur.

Ein Augur begegnete einen andern Augur; des Einen Stirn war heiter; die Stirn des Andern lag in Falten und Runzeln.

„Warum runzelst du deine Stirn gegen mich? sprach der Eine; mich dünkt, wir kennen einander.„

Dörfen aber nicht, sprach der andre, von unsern Geheimnissen, wie wir sie kennen, hier sprechen: denn käme jemand dazu, wie bekäme ich sogleich mein Amtsgesicht wieder?

„Da thust du nicht unrecht, erwiederte jener; sonst aber weiß ich nicht, warum manchmal Amtsbrüder selbst gegen Amtsbrüder eine Geheimnißreiche, hohe Mine affectiren und damit auch die schrecken wollen, die doch eben so gut, wie sie wissen, was hinter dem Vorhange sei. So schwätzt der Antichrist vom Schreine des Herzens,

der

der Despot von Allgewalt, der Sophist von seiner Allwissenheit, auch gegen Ihresgleichen, gegen Kunst= und Handwerksgenossen; wie wenn der Marionettenspieler seinen Mitgesellen hinter dem Vorhange, der die Dräte und Fäden seiner Maschiene sieht, bereden wollte, die hervorspringenden Puppen sprechen und leben.„

Freilich, sagte der andre, wüßte ich davon keine Ursache anzugeben, als die Gewohnheit; wir gewöhnen uns an den Betrug so gar bald, daß er uns in kurzem zur zweiten Natur wird.

Und euch zur Strafe dient, rief ein Dritter, der unversehends dazutrat. „Die andre hintergehen wollen, müssen zuletzt einander selbst schimpflich betrügen.„

## Unternehmung und Ausführung.

Unternehmung und Ausführung geriethen in einen warmen Streit. Jene beschuldigte diese, daß sie sich zu sehr vordränge, und sie als eine Untüchtige verlache; da doch sie, die Unternehmung es sei, die der Ausführung, ehedem viel Hülfe und Dienst erzeigt habe. Von diesem allen wolle sie jetzt nichts wissen, seitdem das Glück sie unversehends begünstigt und zu Ehren gebracht habe. Habe sie Herz, die Ausführung: so könne die Sache durch einen Zweikampf entschieden werden.

Gar zu viel Herz hatte die Ausführung eben nicht. Da sie aber das Glück auf ihrer Seite hatte, so priesen viele ihren Ruhm und ihre hohen Kräfte. Die Sache kam vor erwählte Schiedsrichter; und wunderbar! die edelsten, die herzlichsten Menschen waren auf Seite der Unternehmung; die begünstigten, die glücklichen dage-

dagegen schmeichelten der Ausführung. Endlich sprachen, nach reifer Ueberlegung, die Richter also:

„Nachdem die Erfahrung gebe, daß die be-
„rühmtesten Ausführungen oft von den unberühm-
„testen, verachtetsten Anlässen; ein edles Unter-
„nehmen hingegen nicht anders als von einem
„nicht gemeinen, edlen Gemüth abstammen könne:
„so sei der Vorzug des Unternehmens vor der Aus-
„führung entschieden; maassen auch der Tod eines
„einzigen beherzten Mannes der Welt oft mehr
„Nutzen bringe, als das lange Leben vieler Aus-
„führenden, träge-befolgenden Menschen?“

Die

# Die Quelle.

Eine reiche Quelle floß auf öffentlichem Platz; ihr Wasser ward zu vielfachem Gebrauch der Menschen hie und dorthin abgeleitet, in den Pallast, in die Häuser der Kranken und Gesunden, in die öffentlichen Gebäude. Nirgend fehlte Wasser, jedem Ort floß es in seinen Röhren zu.

Da ließ sich der, der den Pallast bewohnte, von den Künstlern einreden, in seinem Pallast einen prächtigen Brunn aufzuführen, aus dem fortan durch geheime Röhren das Wasser jedermann mitgetheilt werden sollte; und zwar sollten Thierfiguren in mancherlei Gestalt es hie und dort ausspritzen.

Damit dies ins Werk gerichtet werden könnte, wurden die Röhren, die von der öffentlichen Quelle leiteten, zuerst vermindert, nachher ganz weg-

weggethan, und zuletzt alles Wasser in den Pallast geleitet.

Aber siehe, ein Wunder!  Der Brunn des
Pallasts trocknete aus; und doch konnte man davon keine Ursache finden, weder im Himmel noch
auf der Erde.

Die Physiker wurden gefragt; da trat Einer
hervor und sagte:   „Wundert euch nicht,  meine
„Brüder.  Des heiligen Wassers Natur ist diese,
„daß wenn es zur Privatquelle werden soll, es
„austreckne und sich in die Erde verliere; ja wer
„nur mit ungeweihtem Munde es berühret,  dem
„wird es die Eingeweide verzehren.„

Die

## Die Staatsraison.

In Staat sahe man Tag für Tag etwas ändern; man verwunderte sich, dorfte nicht tadeln, und doch blieb es schwer zu begreifen, wie unsrer Vorfahren Gesetze und Gewohnheiten so sehr in Misscredit geriethen, daß man an ihnen täglich meistern und bessern müße.

Endlich ergab es sich, daß eine neue Regierungsformel ins Land gekommen sei, die sich Staatsraison nenne; der stehe es frei, göttliche und menschliche Rechte zu brechen, weder auf Eid, noch Schaam, noch Gewissen Rücksicht zu nehmen, wenn nur der Staat, dem sie dienen solle, consolidirt werde.

Das Volk staunte zu dieser gehäßigen Frechheit, und wußte nicht mehr, was es thun solle? womit man an ihm zufrieden wäre? Jede Stunde gab es Sich selbst, das Seinige und die Seini-



gen

gen den Beschlüssen einer billigen oder unbilligen Staatsraison Preis.

So trieb die Staatsraison ihr Werk fort; ein Tag vernichtete den andern, ein Gesetz, ein Decret das Andre, bis endlich ein des göttlichen Rechts Erfahrner seinen Mitbürgern Muth zusprach: „fasset Herz, ihr Brüder, sprach er, es „giebt noch eine höhere Staatsraison in der „Welt, deren Werk es ist, alle ungerechte, frevelnde Staatsraisons zu ihrer Zeit mit Schauder zu vernichten.„

Ohne

## Ohne.

Die Republik bemerkte, daß Viele ihre Aemter ohne Würde und Rechtschaffenheit verwalteten; sie sann also darauf, bessere Menschen an ihre Stelle zu bringen, und untersuchte deßhalb genau ihr Betragen.

Da sahe sie, daß das einzige Wörtchen Ohne viele besudelte; sie sah Priester ohne Beruf, Richter ohne Känntnisse, Gelehrte ohne Beurtheilung, Fleißige ohne Ueberlegung, Reiche ohne Gewissen, und ferner.

Um ihnen ihre Unschicklichkeit und den Schaden, den sie stifteten, vorzuhalten, schrieb sie ihren Mängeln in einer Tabelle Vergleichungen bei, deren wir einige hersetzen wollen.

Regenten ohne Gerechtigkeit; Ströme ohne Wasser.

Ein Reicher ohne Milde; ein Baum ohne Frucht.

C 2

Ein

Ein Jüngling ohne Gutartigkeit; ein Haus ohne Dach.

Ein Gelehrter ohne Ausübung; eine Wolke ohne Wasser.

Ein Weib ohne Zucht; eine Speise ohne Salz.

Ein Vernunftlehrer ohne Wissenschaft; eine Feder ohne Tinte.

Känntniß ohne Anwendung; ein Rauch ohne Feuer.

Unternehmung ohne Kraft; ein Flug ohne Flügel.

Geschicklichkeit ohne Gönner; eine Erde ohne Thau.

Ein Vorsatz ohne Beständigkeit; ein Uhrrad ohne Gewichte.

Die

## Die Verstellung.

Die Sterndeuter eines gewissen Orts sahen vors
aus, daß ihrem Vaterlande aus einer unglücklichen
Constellation eine große Vernunftverwirrung
bevorstehe. Sie begaben sich also am gefährli=
chen Tage hinweg und wagten es, bei gesundem
Verstande zu bleiben, damit sie diesen nachher
ihren verunglückten Mitbürgern wieder geben
könnten.

Die bethörende Kraft der Planeten wirkte;
unsre Weisen kamen zurück, und suchten jetzt durch
die genauesten Vorschriften die alten vernünftigen
Sitten, Gewohnheiten, Kleider, Studien, Le=
bensweise wieder einzuführen, und ihre schwär=
menden Mitbrüder zu heilen. Aber vergebens.
Diese standen mit solcher Wuth gegen sie auf, daß
den Weisen nur unter Einer Bedingung das Le=
ben gelassen würde, nämlich, sie müßten sich den

C 3

Sit=

Sitten der Thoren in Allem aufs genaueste be-
quemen.

Von jetzt an verbargen sie ihre Weisheit und
sprachen davon nur unter sich, heimlich; öffentlich mußten sie Beifall geben, zuklatschen, schwä-
tzen, sich dem größten Narren als der ersten Stütze des Staats unterwerfen, seine, auch die ungereimtesten Handlungen mit vollem Munde loben — sie mußten.

Die

# Die Waage.

Menschen haben die böse Gewohnheit, daß wenn sie jemand lieben, sie alles, auch die unnützesten Kleinigkeiten an ihm bewundern; hassen sie ihn, so wird auch das Lobwürdige an ihm getadelt.

Diesem Uebel wollte die Königin der Sitten, die Philosophie, steuren. Im Vorhofe der Vernunft ward also eine Waage aufgehängt, deren Eine Schaale das Gute, die andre das Böse wägen und durch das Uebergewicht der Einen oder der andern Lob oder Tadel bestimmt werden sollte. Der geschickteste Waagekünstler, Archimedes, ward zum Aufseher darüber gesetzt, damit ja kein ungerechtes Pöbelurtheil aufkommen, und einen Unschuldigen drücken könnte.

Alle diese Sorgfalt der Philosophie fruchtete wenig. Die Menschen konnten nicht dahin gebracht werden, zu loben, wen sie sich vorgenom-



men

men hatten zu tadeln, zu tadeln, wer einmal der Gegenstand ihrer Bewunderung war.

Da stand ein Christ auf und zeigte ihnen, „das Gute in einem Menschen sei Gottes Gabe, das Böse an ihm eines bösen Geistes Werk. Jenes müsse man ehren, dies bedauren, und bei beiden den Nächsten tragen, wie er auch wäre, und mit Klugheit ihn etwa bessern.„

Dem stimmeten Mehrere bei, und als sie gefragt wurden, wie sie dies sonderbare Gesetz bei sich in Uebung bringen könnten, antworteten sie: gar leicht! Denn eigentlich sei jeder Mensch wohlthätig. Der Gute sei uns liebenswürdig, der Böse merkwürdig; der Freund ein Gefährte, der Feind ein Lehrer; der Offene uns ein Gesellschafter, der Falsche ein Wächter.

Der

# Der Knote.

Adrianus Romanus, ein Belge, flocht aus Stricken der Algebra einen Knoten, den er für verflochtner als jenen Gordischen hielt, und ihn daher mit großer Pralsucht der ganzen mathematischen Welt zur Auflösung vorlegte. Franz Vieta, der Gallier, sah und lösete ihn; er lachte über die Eitelkeit des Mannes.

Das brachte dem Vieta vielen Ruhm; man glaubte, einem solchen Kopf sei nichts unauflöslich.

Als unvermuthet ein andrer Knote vor ihn gebracht wurde, aus eisernen Dräten geflochten; es war Macchiavells Fürst.

Der Knote war voll Stacheln; nur mit Handschuhen konnte er berührt werden; ein inneres Feuer durchglühte ihn, und wie durch magische Kraft waren seine Fäden in einander verwebet.



Das

Dabei war er so schwer, daß die Hand vor ihm niedersank; so blitzend, daß das Auge über ihm stumpf ward. Vieta schwitzte, rief alle seine Kunst, die ganze Analyse zu Hülfe; umsonst! er verzweifelte an der Auflösung.

Da nahm er im Zorn den Hämmer zu Hülfe; die Funken sprangen umher; er war in größester Gefahr und sah am Ende, daß ein Geflecht, in welches arme Unterthanen verstrickt sind, weder zu zerschlagen, noch aufzulösen sei. Es sei gar nicht zu behandeln.

Und sprach: „was durch Kunst zusammenge= „setzt ist, kann durch Kunst aufgelöset werden. „Ein Gewirre aber, das Gewaltthätigkeit, Be= „trug, List und ihres gleichen in Eins schnüren: „das wolle kein Mensch, das möge Gott auf= „lösen!„

Man

## Man muß.

Die Impersonalien kamen einst zum Landtag
zusammen und faßten ziemlich billige Rathschläge.
Das „es ist billig, nützlich, erforderlich,
nöthig, es ziemt sich, es pflegt, es ist
bekannt, es ist besser, es ist Sitte, Ver=
trags, Rechtens u. f. sprachen zuerst friedlich
mit einander; bis auf Einmal der Minister „Es
gefällt„ erschien, seinen Plan vorlegte und dar=
über in Stimmen zu gehen antrug.

Die Impersonalien geriethen alle in Verlegen=
heit; sie stellten vor, man müße Verträge der Vor=
fahren respectiren, auf die Nachkommenschaft
Rücksicht nehmen, „es sei schwer, es sei un=
möglich.„ Alles vergebens. Der Minister
„Es gefällt„ hatte einen Substituten mit sich
„Man muß.„ Sogleich hörte alles Ueberlegen
auf; das Wollen mußte dem Muß seufzend sich

fü=

fügen, und alle Impersonalien baten Gott den
Herren, daß des leidigen „man Muß,, wegen
der Nachwelt nur ihre Namen nicht auch mit
Schimpf und Schande genannt werden müßten.

Ge-

## Geduld.

Einst kamen die drei Kunstrichter der Welt zusammen. Der erste war der **Klagende**, dem der ganze Zustand der Menschen Plage und Elend schien. Der zweite war der **Unruhige**, der allenthalben sich dem Uebel entgegen warf und mit der Natur der Dinge selbst es aufnehmen wollte. Der dritte war der **Lachende**, dem alle die Singchöre von Nichtigkeit, Posse und Verwirrung ein Vergnügen machten.

Oft pflegten sich diese drei, wie dem Uebel zu steuren sei, zu besprechen; sie konnten aber selten zu einem Schluß kommen: denn ihre Meinungen stießen zu hart gegen einander.

Endlich ließen sie auch den Sokrates und Epiktet zu sich, die ihnen vor allem andern Geduld anriethen. Geduld, sagten sie, ist die beste und einzige Arznei, Uebel dieser Art zu heilen

oder

oder zu lindern.  Geduld, sagten sie, die ruhig
in Gott, mit Menschen gemäßigt und mitleidend
handelt, vor Bösen vorsichtig sich hütet, der Eitelkeit sich entzieht; sie erreicht wenigstens Das
allenthalben;  „daß sie nur das Gewisse glaubt,
„nur das Gute ausübt, dem Eiteln entsagt, der
„Schminke spottet,  der Uebermacht weicht und
„das Uebrige — erträgt.„

Das

## Das Todtengericht.

Minos, der gerechte Richter der Todten, erkennt mit großem Scharfsinn den menschlichen Verbrechen ihre Strafen zu. Oft gehn die Seelen aus dieser Welt ungestraft hinunter; sobald sie aber vor ihm erscheinen, sieht er an ihren Flecken, was jede verübt hat, und spricht sein Urtheil. Die Mächtigen werden gemeiniglich den ungeduldigsten Herren zu Theil, und lernen gehorchen. Vielwissende Schwätzer verstummen, bis sie von Weisheit bersten. Hochmüthige gerathen in den Koth; Lügnern werden die Zähne sehr unsanft entnommen; Wohllüstige peinigt ein ewiges Eis, Verläumder ein ihnen verhaßter Glanz; Neidige müssen bei Glücklichen wohnen und sich an ihrer Seligkeit quälen; Geizige nagt ein unersättlicher Hunger; Neugierige irren in ewiger Nacht; Heuchler peiniget die lautredende Wahrheit. Und wer könnte jede Art der Strafen erzähzählen? Gnug: jede Ausschweifung wird durch ihr Gegentheil gestraft.

Dies hörte ein Rechtschaffener und sprach: So lohnt es denn auch, Gutes zu säen, damit wir Gutes ernten: denn wie jedes Laster durch sein Gegentheil gestraft wird, so lohnt jede Tugend sich durch sich selbst.

Der

## Der Samariter.

Ein Jüngling wollte aus der Königsstadt des guten Rufs in ein Städtchen menschlicher Gesellschaft reisen. Er zog auf offner Straße mit gutem Gewissen daher und fiel unter die Mörder. Verläumdung, Neid und Betrug griffen ihn an, nahmen ihm alles, was er in seinem vorigen Leben Rechtschaffenes erworben hatte; selbst seine Kleider, an denen man etwa den ehemals Guten erkennen könnte, zogen sie ihm aus; schlugen ihm tiefe Wunden boshaftiger Lüge, und ließen ihn liegen im Todeskampf mit der Schande.

Ungefähr begab es sich, daß Landsleute die Straße zogen, die mit dem Verwundeten auf mehr als Eine Weise in Verbindung standen. Sie sahen ihn, murmelten etwas, (ob mitleidig oder scheltend, weiß ich nicht,) und gingen vorüber.

D        Ver-

Verwandte kamen nach ihnen, die Ein ge=
meinschaftliches Blut mit dem Verwundeten hät=
ten fühlen sollen. Sie fürchteten, angeflehet zu
werden, und eilten vorüber.

Endlich kam Einer von denen, die, der Welt
verhaßt, den Lohn heiliger Thoren verdienen, und
sahe den Armen. Er war von einer fremden
Secte; demohngeachtet aber erbarmete sich der
Wanderer des Jünglings, lief zu ihm und ver=
band ihm seine Wunden, goß scharfen Wein, lin=
derndes Oel hinein, hob ihn auf sein Lastthier
der Duldung und brachte ihn in die Herberge ei=
nes ruhigen Nachdenkens. Er zog zwei Gwschen
hervor und gab sie dem Wirth, daß er ihn pfleg=
te und ihm zum Licht, zur Gesundheit ver=
hölfe. Werunter den dreien, ihr Menschen, war
der Nächste dem Jünglinge, der unter die Mör=
der gefallen war? So gehet hin, und thut deß=
gleichen.

Der

# Der Zweifel.

Nichts ist gefährlicher, als zweifeln zu wollen, wo alles vest und gewiß ist.

Das erfuhr neulich ein junger Mann von feinem Verstande, von untadelhaften Sitten, ein gewissenhafter, bescheidener Jüngling; nur daß er in Sachen, die er nicht recht begriff, etwas zu sorgfältig seyn mochte. Sein Name war Zweifel.

Zuerst gab er sich in die Schule der Theologen, sah ihre Uneinigkeit, zweifelte, und ward als Ketzer und Heide verbannet.

Er ging zu den Staatsklugen, fing ihre Staatsgeheimnisse nur leise und leicht zu untersuchen an. Er zweifelte, und ward als Rebell Landes verwiesen.

Von da kam er zu den Gelehrten. Er hörte ihre genaue Kenntniß, die sie von Himmel und



Er

Erde, von der menschlichen Seele und ihren Organen hatten, zweifelte; und man warf ihm seine Dummheit vor, man stach mit Federmessern auf ihn, und warf ihn aus dem gelehrten Kreise.

Endlich gieng er zum Volk. Kaum aber, daß er sich merken ließ, er wünsche ihre Sitten sanfter, ihre Sinne weniger roh; so hieß er ein Schwärmer und ward gar aus der menschlichen Gesellschaft verstoßen. „Im Kerker, sprach man, genieße er seiner Weisheit; nur wolle er unsre Ruhe nicht stören!"

Von aller Welt verlassen, war es umsonst, daß er sich auf Gewissen, Vernunft, Rechtschaffenheit berief; er wolle keine Ordnung, keine Ruhe stören. — Er flehete Tauben; alle Stände der Menschen waren gegen ihn hart und ungerecht; nur Eine Zuflucht blieb ihm übrig, zu Gott, der das Innre kennet.

Der

Der gerechte Richter hörte den Armen und
sandte ihm seinen Boten, den Tod. Der be=
freiete ihn aus dem Kerker, und foderte ihn vor
des Ewigen Richtstuhl. Da wird Klage und Ant=
wort gehört; da wird was recht und billig ist; ge=
sprochen werden!

## Die Edelgesteine.

Noch wäre der Betrug erträglich, wenn er nur nicht so kostbar wäre. Aber da stehn die Betrüger mit gefärbtem Glase, mit falschen Edelgesteinen; und pralen, und lassen sich theuer bezahlen.

Dieser Edelstein ist die Weisheit, jener die Stärke; dieser die Gesundheit, jener das Glück; dieser heißt langes Leben, jener Sicherheit, Liebe u. s.

Da dränget sich der Haufe um die Bude umher, und verschwendet sein Geld. Der kühne Schwätzer schwatzt, der Thörichte glaubet; der Betrüger lacht, der Betrogene glaubt vester; Wahrheit wird Irrthum, und Eitelkeit geschätzt.

Eine solche Bude sah einst ein Christ, und fragte, ob etwa auch der Edelgestein der Rechtschaffenheit, der Geduld, der Bescheidenheit zu Kauf wäre?

Der

Der Juwelenhändler lachte. „Bey mir, o Thor, suchst du Steine, die du in jedem Koth findest?„

Der Christ erschrack, entschlüpfte mühsam dem Haufen und sprach zu sich selbst: „lebe wohl, du gläserne Glückseligkeit, die mit fälschem Schein das Auge verblendet! Wenn du zu Boden fällst, zerbrichst du.„

## Einfalt und Wahrheit.

Die Vorzeit in ihrer einfältigen Tracht traf auf ihre Enkelin, die Nachwelt, ein freches und leicht=sinniges Mädchen.

Sie wunderte sich über ihre üppigen Kleider, über ihre leichtfertigen Geberden und fing an zu murmeln. Diese aber, rüstig mit ihrer Zunge, warf der Großmutter Dummheit, Plumpheit vor, und strich dagegen ihrer Denkart, ihrer Be=redsamkeit, ihrer Händ' und Füße, ihres ganzen Körpers Leichtigkeit und Cultur hoch hinaus.

Die Alte konnte nicht einsehen, was denn das Sublime, Besondre und Ausgesuchte sei, das ihr fehle und die Nachwelt besitze. Da brachte die=se ein so krummes, verdrehtes, gefärbtes Ding hervor, daß man ihm kaum einen Namen, ge=schweige Lobsprüche zu geben wußte.

Ernst

Ernst und verachtend sah es die Alte an, und sprach: Schäme dich, Leichtsinnige! Ist dies das Glück deiner Zeit? ist dies der Fortgang deiner gerühmten Feinheit? Als ob ich das Alles nicht gekannt hätte! Ich schwöre dir: Hundert und tausendmal ward das zu meiner Zeit erdacht, aber sogleich verworfen; tausendmal versucht, aber sofort eitel und nichtig befunden; es wollte sich einschleichen und ward hinausgestoßen, bis ich endlich durch lange Uebung und durch die gewissesste Erfahrungen lernte: „Nichts sei so sicher, so beständig, so angenehm, so vortheilhaft für dieses und jenes Leben, als Einfalt und Wahrheit.„



Die

## Die Hinkenden.

Nichts Hinkendes oder Verstümmeltes sollte Gottes Altar dargebracht werden; so lautete einst das strenge Gebot, woran unsre hinkende Zeit streng' erinnert wurde.

Täglich ergingen also neue Befehle, die aber niemand achtete, niemand ins Werk setzte, z. B. „Was jemand befiehlt, soll er selbst auch befolgen; wie er lehrt, soll er thun; was er lieset, soll er verstehen; nachdem er wahrnimmt, soll er urtheilen; was er lernt, soll ihn belehren; was er weiß, soll er mittheilen; nachdem er hat, soll er geben; nachdem er empfindet, sprechen; nachdem er liebt, helfen; nachdem er selbst dient, Dienste fodern.„

Die heilsamen Befehle dieser Art wurden so wenig befolgt, als andre. Und damit man die Unterlaßer nicht Ungehorsams beschuldigen könnte, wichen die Hinkenden der Vorschrift damit aus:„

es geschehe doch alles, wenn gleich nicht genau
nach der Vorschrift; der Zweck werde dennoch er=
reicht.  Es seyn nämlich andre, die befehlen,
andre die gehorchen; andre die lehren,  andre
die thun und s.  Durch diese wunderbare Ver=
schiedenheit der Menschen werde mehr ins Werk
gerichtet, als durch jene lästige Verbindung der
Pflichten.„

So kam das alte Gesetz Gottes durch eine
menschliche Novelle in Verjährung.

Das hörte Augustin, das Muster eines ächt
rechtschaffenen Lebens.  Er wandte sich zu den
Seinigen, und sprach klagend: „wohl reden, und
übel leben; was heißt das anders, meine Brüder,
als sich mit eigner Stimme verdammen und über=
weisen?‟

Der

## Der Fußsteig des Lebens.

Auf jenem engen, unebnen Wege, der zur Pforte des Lebens führt, wandern die Pilger wunderbar daher.

Einige, in weißen, saubern Kleidern, messen und zählen die Schritte; plözlich befällt sie ein Schwindel; sie stoßen ans kleinste Steinchen, fallen, und beflecken ihr hellglänzendes Kleid.

Andre werden wie von Geißeln getrieben; sie setzen über Felsen und Klüfte, und haben nicht Zeit zu schwindeln. Sie kümmerten sich nicht um ihr Kleid, und unbefleckt fliegen sie ihren Weg dahin.

Einige von scharfem Gesicht, sehen vorwärts, sehen umher, sehen zurück, verweilen und kommen nicht weiter; indeß andre sogar zurückzu gehen und etwas Andres im Sinne zu haben scheinen; und kommen doch vorwärts.

Dies

Diese laufen, eilen, schwitzen, keuchen und fallen ohnmächtig nieder; jene scheinen müssig und ruhig, und kommen fort.

Einige fasten und martern sich ab, daß, wenn sie jezt frisch daran wollen, ihnen Kräfte fehlen. Andre geniessen die Gaben der Natur, und streben hinauf zum Himmel.

Kurz. Menschliche Vorschriften und Regeln helfen bei dieser Wanderschaft wenig; auf die höchste Güte des Schöpfers und auf die lauterste Einfalt des Geschöpfs kommt Alles an.

Die

# Die Unschuld.

Die Unschuld hatte dadurch gefehlt, daß sie recht gethan hatte, und ward deßhalb vor Gericht gefordert.

Unerschrocken trat sie vor dasselbe, weil sie die Richter nach sich selbst beurtheilte; sie sahe diesen, jenen, einen dritten an, die sie einzeln für gute Männer gehalten hatte, und konnte nicht anders denken, als daß sie jezt verbunden auch die billigsten Richter seyn müßten.

Da waren Gottesläugner, die im Ruf einer unabläßigen Andacht standen; Blutsauger, die das Recht sprechen, Barbaren, die alles wissen, Blinde, die von Farben urtheilen sollten. Denen allen vertrauete sich die Unschuld sicher an; ach aber, wie sehr hatte sie sich betrogen!

Sie hatte die Guten gelobt, die Bösen ge= tadelt; und sahe jezt, daß die, die sie für die Guten gehalten hatte, sich des Tadels der Bösen

als

als ihrer eignen Sache annahmen, mit dem Lobe der Guten dagegen gar nicht zufrieden waren. Kaum wollte sie ihren Augen trauen, da sie sah, daß andächtige Männer die Andacht mißbilligen, gerechte Männer der Billigkeit entgegen streben, gelehrte Männer Wissenschaften verachten, das unterdrückte Volk seine Freiheit verabscheuen könne; sie stritt mit sich, und ward beinahe an sich selbst irre, daß sie mit ihrem Urtheil den besten Männern so habe mißfallen mögen.

Den Nebel zerstreuete ihr aber die edle Jungfrau, Rechtschaffenheit, tröstete die Unschuld und hieß sie mit der heitersten Stirn das unbilligste Gericht erwarten. Denn, sagte sie, wisse diese Maxime, Schwester: „Männer, die jeder „für sich der Unschuld nichts anzuhaben wagen, „können, wenn sie im Collegium oder sonst mit „andern vereint sind, ohne Gewissen ihr Schimpf „und Schande anthun.“

Biel

## Viel und Wenig.

Ein Jüngling von edlem Gemüth wollte zur Königsstadt des Glückes hinauf; und wo er von jemanden hörte, der des Berganfteigenden Weges kundig fei, den glaubte er, darüber fragen zu müffen.

Und allerdings fanden fich viele, die ihm mit großer Zuverficht die Reife vorzeichneten, Philofophen, Politiker, Mönche, Einfiedler, Zauberer fogar, und die einen Vorfchmack der Gottheit enthufiaftifch träumten.

Von allen Seiten Reifecharten gnug; wie er aber nach ihrer Vorfchrift den Weg antrat — Wunder! wie oft ftieß er an! wie oft kam er ab vom Wege! an welche Klüfte, an welche Höhen gerieth er! Er fluchte allen den Stuben-Wegweifern, die in ihrem Kopf Wege und Stege im Himmel und auf der Erde wollen ausgemeffen haben.

End-

' Endlich bemerkte er von weitem einen einfach gekleideten, schlichten Mann; den suchte er mit großer Mühe zu ereilen. Ganz außer Athem trug er ihm sein Unglück vor, und wie wunderte sich der fremde Mann, da er alle diese verwegnen Vorschläge anhörte.

Bisher bist du irre oder gar rückwärts gegangen, sprach er; willt du mir aber folgen, mein Freund, so thue es und merke dir zu unsrer Reise nur die zwei Worte, viel und wenig.

Siehe viel; bewundre wenig. Höre viel; glaube wenig. Wisse viel; sprich wenig. Lies viel; schreibe wenig. Untersuche viel; behalte wenig. Dulde viel; billige wenig. Meide viel; fürchte wenig. Erwarte viel; hoffe wenig. Bedecke viel; haße, rüge, verlache wenig. Ueberlege viel; beschließe wenig. Laß viel zu dir; weniges liebe. Arbeite viel, befiel wenig. Bete viel; lehre wenig."

Der Jüngling gehorchte und reisete glücklich.

E

Das

## Das Herz und die Zunge.

Zur Zeit des Glückes, wenn holde Gestirne regieren, schwätzet die Zunge gern, erlaubt sich alles, und will den Namen einer beherzten Sprecherin für Freiheit und Rechtschaffenheit davon tragen.

Es fehlet ihr auch nicht an Schmeichlern, denen die Schamlose Frechheit, über alles und gegen alle zu reden, wohlgefällt.

So schwatzte die Zunge einst in begünstigten, glücklichen Zeiten; wer aber diese Frechheit nicht ertragen konnte, war das Herz.

Das männliche Herz hatte andre, schwerere Zeiten erlebt und sich unter den Schrecknissen der Tyrannei tapfer geübet. Es hatte Zeiten erlebt, da die Religion verachtet, das Verdienst unter die Füße getreten war. Talente hungerten, die Gerechtigkeit erröthete, die Schaam war Landes verwiesen.

Vor:

„Vortreflich! rief es jezt der Schwäzerin
Zunge zu, weil du einmal im Reden bist,
rede! Erinnere dich aber, wie du zu anderer Zeit
heucheltest, schmeicheltest, logest, krochst und
schändlich dientest. Da bat ich dich, meine Dol-
metscherin zu seyn, und du erschrackst. Jezt bist
du eine Herzlose Weiberzunge, die nicht aus Eifer fürs Gute, sondern weil dirs so wohlbehagt,
das Ohr der Guten mißbraucht. Irre ich nicht,
so wird bald wieder der Winter da seyn, da du
mit allen Fröschen aufs neue verstummest.„

Die Zunge schwieg, und vermied fortan, der
Sprache des Herzens irgend zu begegnen.



Die

# Die Wissenschaft.

Die Grammatiker hatten gehört, daß die Burg der Wissenschaft oben auf dem Gipfel eines Berges stehe; wo irgend sie also ein Häusgen auf einem Hügel wahrnahmen, da eilten sie mit großem Geräusch hin, und begehrten eingelassen zu werden.

Wie sehr betrogen sie sich! Der Weg zur wahren Burg hebet sich nur allmählich; er führt durch mehrere verschlossene Pforten, und hat manche Ruheplätze nöthig.

Unten, kaum über dem Fuß des Berges, ist die erste Herberge; da wird den Knaben zuerst die Zunge gelöset und sie etwa zu drei Sprachen gewöhnt. Höher hinauf lernen sie diese Sprachen feiner, artiger reden. Nun kommt man an ein höheres Schloß, wo der ganze Leib gleichsam, mit allen seinen Gliedern geübt, anatomirt, be=

henbe

hende und schlank gemacht wird. Jetzt wandern
sie höher hinauf, um sich an Maas, Zahl und
Gewicht zu versuchen und zu jedem Geschäft tüchtig zu werden. Eine höhere Burg übt in wichti-
gern Dingen: sie giebt allen Ständen des Staats
ihre Vorsteher, ihre Führer. Endlich und zuletzt
erreicht man den wahren Pallast der Wissenschaft;
er liegt dem Himmel nahe, und schaut die weite
Erde tief unter sich. Diese betrachten, die nähere
Harmonie des Himmels hören, mit reinem Gemüth den Umgang der erhabensten Geister, Gottes selbst, genießen, das ist der Gipfel der Wissenschaft auf Erden.

Wie entfernt von ihm sind die, die auf einem
kleinen Hügel sich ein Thürmchen erklimmt haben,
von da sie eben nur auf die Gipfel der Bäume
hinabsehn, und sich im Olympus dünken.

## Antipathieen.

Der Natur gebührt Lob, nicht nur für das wohlthätige Heilsame, das sie den Geschöpfen einpflanzte, sondern noch vielmehr vielleicht für das wohlthätige Gift, mit welchem sie Gifte uns schädlich machte. Der Mensch, ihr erstes Geschöpf, der Ausleger ihrer Kräfte soll ihr dies Lob sagen.

Solch ein Dankfest der Natur ward irgend wo jährlich gefeiert und dem Schöpfer Preis dafür gebracht, daß er jedem Gifte sein Gegengift verordnet.

Den Tyrannen setzte er schreckliche Unfälle entgegen, die ihnen vor einem höheren Gericht Schauder erwecken sollten. Den Hinterhaltigen gab er ein Gewissen, das sie inwendig nage. Den Allwissern legte er Abgründe der Natur in den Weg, die, ihnen unerforschlich, sie wenig-

stens

stens zu einiger Schaam brächten. Wohllüstige
hielt er mitten im Lauf nach Wohllüsten durch
Krankheiten zurück; Geizigen stellte er das boß-
hafte Glück entgegen, das ihre sichersten Hoffnungen oft so unvermuthet vernichtet; Hochmüthigen
das Hohngelächter, das sie unter andre, die sie
verachteten, tief hinabsetzt. Dem anmaaßenden
Stolz schuf er einen mächtigen Feind, das Gefühl der Freiheit, dessen unbesiegter Muth sich
kein Ehrloses Stillschweigen, keine niedrige
Schmeichelei, keine närrische Leichtgläubigkeit,
keine schändliche Dienstbarkeit gebieten läßt.
Der größesten Macht des Bösen endlich setzte er
das Kreuz, aufopfernde, tapfre Geduld, entgegen,
mit dem ein Christ, wie ein zweiter Herkules,
alle Ungeheuer der Hölle überwindet.

E 4

Der

## Der Tod.

Der Auszug der Theologie, der Inbegrif der Philosophie, der Rückhalt der Politik, des Menschengeschlechts unerklärbarer Wohlthäter, der Tod erschien.

Blaß war sein Angesicht, seine Beingestalt war fast allen schrecklich; aber er umwand sich mit den Sterbekleidern, die der Auferstandne im Grabe gelassen hatte; und so gieng er freundlich umher.

Liebreich redete er die Christen an, ohne logische Fallstricke; er berief sich blos auf jedes Menschen inneres Zeugniß: „wie? ist nicht Gott euer Vater? seyd ihr also nicht das edelste Geschlecht? unter Gottes Obhut sicher? durchs Band einer obern Liebe verbunden? Und ihr beflecket euer Geschlecht? werdet Thiere, und werft Gottes Gebot von euch? Warum gebt ihr eure Freiheit

auf

auf und löset das Band der Bruderliebe? Ihr
haltet an dem vest, was euch nur geliehn ist, und
schaudert, Unsterbliche, für dem Sterben?„

Er predigte Tauben; und nachdem jeder seinem Körper diente, nachdem vergaß er auch den
Tod und setzte seinen Dienst fort.

Da Worte nicht halfen, griff der aufgebrach-
te Warner zu seinen Pfeilen. Hie und da lagen
Leichen umher; er sah die traurige Niederlage
und sprach: „Muß ich es ihnen also lehren? den
Hohen demüthig seyn, den Sophisten schweigen,
Neugierigen und Geizigen ihre Neugier und Hab-
sucht begrenzen, Zornigen sich versöhnen, Wohl-
lüstigen Schmerz fühlen, Wilden und Hartnäcki-
gen nachlassen, nachgeben. Glücklich sind
die Armen! sie werden reich; die Traurigen,
sie werden getröstet; die Duldenden, sie werden
gerächet; allen endlich, deren Leben Christus war,
wird der Tod Gewinn.„

## Die begrabene Wahrheit.

Nur Gott ists, der die Todten erweckt; es sei dann, daß er seiner Lieblinge Einem diese Wundergabe verleihet. Unsre Pflicht ists, verstorbene Heilige zu ehren, und sie als Wohnungen himmlischer Geschenke andrer Nachahmung zu empfehlen.

So gaben es einst viele Anzeigen, daß irgend hier die Wahrheit begraben sei; man scharrte die Erde auf, grub einige Tage, und fand endlich einen unkostbaren Sarg, auf dem nichts als die wenigen Worte standen: zu meiner Zeit! —

Man hob den Deckel auf und sahe einen Leichnam, zersetzt, verunreinigt, mit Dingen bedeckt, die ich zu nennen mich scheue. Offenbar wars, daß man ihn nicht mit Würz' und Balsam, sondern mit Unrath eingesargt und versenkt hatte.

Als

Als man den Körper endlich mit vieler Mühe
reinigte, fand man zu Haupt ihm eine schöne
eherne Tafel mit dieser Inschrift:

Ich, die Wahrheit,
Gottes Tochter;
durch Satans Trügerei,
der Welt ansteckend Gift,
durch der Tyrannen Gewaltthätigkeit,
der Priester Trägheit,
der Staatsmänner Bosheit,
durch Leichtsinn der Geschichten-
schreiber,
durch der Gelehrten Narrheit,
und durch des Volks Stupidität
ermordet,
lieg ich hier
im Schlamm der Lügen.
Nach hundert Jahren siehet mich
die Sonne wieder.
Sey mir gegrüßet, Nachwelt!

Als

Als diese Grabschrift bekannt gemacht wurde, mischete sich Schmerz mit Freude. Man schalt die Vorwelt; man pries die jetzige Zeit. Ein Marmor-Grabmahl ward der Wahrheit errichtet, und sie darinn wiederum prächtig und kostbar begraben. Aufgehänget ward die gefundene Tafel, und die stolzen Worte dazu gefügt.

> Wären wir
> zu unsrer Väter Zeit gewesen;
> wir hätten nicht Theil genommen
> am Morde der Wahrheit.

II. Ue.

# II.

## Ueber
## die vorstehenden Parabeln
### und
### die nachfolgenden Gespräche.

————————

Den Verfasser dieser Parabeln hat die Vorrede
genannt; das bald folgende Andenken an ältere Deutsche Dichter wird von ihm etwas
Mehreres anführen. Jetzt wollen wir nur von
zween seiner Arbeiten reden, den vorstehenden
Parabeln, und den Gesprächen, die diesem Aufsatz folgen.

Die Parabeln nannte ihr Autor Apologen.
Er hat ihrer nicht weniger, als dreihundert gedichtet, deren Sammlung er eine christliche
Mythologie, oder Bilder von Tugenden
und Lastern des menschlichen Lebens
nannte. Schon diese Erklärung zeigt, daß es
dem Verfasser um eigentliche äsopische Fabeln
nicht zu thun war. Wenige seiner Dichtungen
grenzen an diese Fabel; die meisten gehen auf
Sinn-

Sinn- und Denkbilder, (Embleme) auf Allegorien, auf Personificationen hinaus, die
in die eigentliche Fabel nicht gehören.

Andres lebte, (was Kunst und Dichtkunst ans
betrift,) in Zeiten, da man die Embleme sehr
liebte.  In Italien und Spanien war die Periode
der großen Dichter vorüber;  dagegen war theils
aus ihren Werken,  theils aus den Gemählden
mancher großen Künstler  eine Liebhaberei an
Symbolen,  bedeutenden Attributen,  Allegorien
u. f. auch in das Gebiet der Buchstaben und
Gedanken gekommen, die,  um die Wahrheit zu
gestehen, den menschlichen Geist zwar erweiterte,
aber die Kunst verengte.  Eine große Menge
symbolisch-emblematischer Bücher und Verzeich-
niße erschien zu Ende des sechzehnden und im Anfange des siebenzehnden Jahrhunderts.— Warum?
Die Geschichte dieser Zeit und dieses Geschmacks
liegt noch sehr im Dunkeln. —Den Gedanken im
Großen auszubilden, ihn in allen seinen Gliedern

sich

sich selbst gleichförmig dergestalt auszuschaffen, daß kein Theil dem andern widerspreche und nur Ein Geist, wie im göttlichen Odem eingehaucht, das ganze schöne Gebilde belebe; diese Poesie schien der damaligen Zeit entweder zu groß, zu mühsam oder auf die Gegenstände, mit denen man sich damals beschäftigte, nicht anwendbar zu seyn. Vielleicht war man der alten, simpeln Vorstellungen satt, und weil man sie nicht zu übertreffen vermochte, wandte man an einzelne Theile, oft außer dem Zusammenhange des Ganzen, desto mehr Kunst. Häufig wollte man auch dem Auge darstellen, was ihm nicht darzustellen war, sinnreiche Gedanken und Gleichnisse, selbst Phrasen und Formeln der Rede, Sprüchwörter, politische Maximen; und wenn diese durch sich selbst nicht verständlich waren, ward der Bilderwitz durch Sprachwitz erläutert. Der Witz ist ein leichtes, flüchtiges Roß; nicht allenthalben kann und mag ihm die Kunst folgen. Er glaubt, nie fein gnug sprechen zu können, zumal wo er nicht rein her-

F

aus-

aus sprechen darf, wie bei politischen Gegenständen. Da wollte er also andeuten, wollte den Gedanken fast ohne Körper sichtbar machen, und bei dem kaum angedeuteten Körper wiederum neue Gedanken in Worten hinzumahlen. Die grosse, offene Poesie erlag also unter Witz und Politik, unter geheimen Winken, dahin geworfenen Bildern, unausgeführten, mit sich selbst kämpfenden Zügen; die Kunst verbarg sich in Embleme.

Es wird anderswo Gelegenheit seyn, den Geist der reinen griechischen Allegorie vom emblematischen Schatten späterer Zeiten näher zu unterscheiden; hier bleiben wir bei den Sinn und Denkbildern, von denen wir reden. Andreä, der die Italienische und Spanische Sprache liebte, und alles Witzige kannte, was damals im Gange war, nahm auch an der Form ihrer Einkleidungen Theil; insonderheit scheint Boccalini auf ihn viel gewirkt zu haben. Da sein Gewissen ihn trieb, die Fehler seiner Zeit zu rügen, und sich die nackte Wahrheit nicht sehen las

laſſen durfte: ſo gab er ihr, wie er in einem eignen Apolog ſagt, dies Fabelgewand, nicht um
ſie müßig oder gar üppig auszuzieren, ſondern
vielmehr ſie den Augen der groben Menge zu ent-
ziehen, und für ihren Schlägen zu ſichern. Den
wenigern, die eine ſolche Einkleidung verſtünden,
trauete er ſchon einen feineren, billigeren Geiſt
zu; und doch zeigt leider die Geſchichte ſeines Lebens, daß er auch dieſen viel zu viel zugetrauet
habe. Für die böſen Deuter, die aus dem Kie-
ſel Funken zu ſchlagen wiſſen, hatte er lange nicht
emblematiſch gnug geſchrieben. Bei einem ſolchen
Zuſtande der Welt fällt alſo jede Vorſchrift der
Kunſt, wenn ſie Ausführlichkeit und deutliche
Entwicklung gebietet, zu kurz. Wer will die Ruhe ſeines Lebens der Beſtimmtheit eines Kunſt-
werks aufopfern? Auch hier, wie allenthalben,
iſt der Gedankenzwang der Vater der Barbarei;
der Despotismus wird des guten Geſchmacks
Mörder.

In Ansehung der Composition bin ich also
weit entfernt, die Denkbilder des vortreflichen
Andres zur Nachahmung zu empfehlen. Viel
mehr können sie dem Lehrer des guten Geschmacks,
wenn er nichts besseres an ihnen zu bemerken weiß,
nützlich seyn, seinem Schüler an ihnen mancherlei Fehler bemerkbar zu machen, und ihn dadurch
vor Abwegen zu warnen. Was mangelt z. B.
diesem Apolog, daß er keine ächte Fabel; jenem
Emblem, daß es kein vollkommenes Sinnbild ist?
Wodurch ward diese Allegorie gestört? wodurch
ward jene Personendichtung zwangvoll und über-
laden? Welcher fremde Gedanke unterbricht hier
die sinnliche Vorstellung? welcher feine Witz, hier
am Anfange, dort am Ende des Gedankenbildes
gehört nicht unmittelbar zu ihm? Kann aus dieser Dichtung, aus jenem Emblem ein klares schö-
nes Epigramm werden? Wie faßt man diesen
Edelstein simpler? — Solche und mehrere dergleichen Fragen kann man sich selbst und andern
vorlegen, gewiß zur Reinigung und Bildung des

Ge-

Geſchmacks, zu Schärfung und Veredlung unſres
poëtiſchen Urtheils. Dem guten Andres kommt
dabei nichts zur Laſt; er wollte, wie er konnte
und durfte, über einzelne Fälle ſeiner Zeit, be-
ſonders ſeines Landes, ſein Herz ausſchütten, und
ſein moraliſches Urtheil äußern; mit nichten aber
ein Lehrer oder ein Stern der Dichtkunſt werden.

So fort ergiebt ſich, warum ich, wenn ichs
auch gekonnt hätte, ſeine Dichtungen in Abſicht
der Compoſition nicht habe ändern mögen. Ich
wollte, als ich in jüngern Jahren dieſe Stücke
überſetzte, gewiß keine Satyre meiner Zeit ſchrei-
ben, und mag es jetzt noch minder; ich wollte den
alten Andres zeigen, wie er iſt. Warum ſollte
ſich unſre Zeit nicht freuen dörfen, daß viele
Laſter und böſe Gewohnheiten, die er mit harten,
dunkeln Farben ſchildert, in ihr nicht mehr, wenigſtens nicht in der ſcheußlichen Blüthe herrſchen,
in der ſie damals ſtolzirten? Warum ſollten wir
uns nicht freuen dörfen, daß die Unduldſamkeit
der Theologie, der Scholaſticismus der Philoſo-

phie, das harte Joch der Schulen, die rohe Wohllust der obern Stände, der grobe Despotismus
der Höfe, wo nicht allenthalben vertilgt, doch wenigstens allenthalben so geschwächt sind, daß wir
in Manchem über die Zeiten Andres mit einer Art
frohen Schauders erstaunen mögen? Sey es
ferne von uns, in solchen Gemählden den Maler
seiner Zeit als einen Trübsinnigen zu schelten;
vielmehr wollen wir Gott danken, daß er uns
die beschwerliche Arbeit erließ, und uns in lichtere
oder leichtere Zeiten versetzte. Gar zu leicht indessen wollen wir auch hier die Sache nicht nehmen: denn nach Andres Meinung ändern sich
zwar, aber sie bessern sich nicht, die Zeiten. Vielleicht ist manches jetzt, wie es damals war; nur
ist's bei uns feiner oder verstekter. Die Decoration ist anders; aber dasselbe Schauspiel wird
fortgespielt in einem späteren Act. Diese Vergleichung zu veranlassen, (warum sollte ichs ver-
helen?), ist die vornehmste Absicht, weßhalb ich
diese Embleme und die folgenden Gespräche be-

kannt

kannt mache; selbst auch die Ursache, warum ich
jene Parabeln, diese vaterländische Ge=
spräche genannt habe.

Bei jenen nämlich schien mir das Wort Dich=
tungen, Fabeln zu unbestimmt; der Name
Embleme (Denkbilder) war dem abwechseln=
den, Geistreichen, Werk zu enge; Apolog,
Mährchen, (welchen Titel der bescheidene Andreä
wahrscheinlich dem Ochin abborgte,) war gar
nicht zu gebrauchen; wie also, meinte ich, wenn
diese vermischte Gattung von Fabel und Emblem
Parabel hieße? Parabel ist eine Gleichniß=
rede, eine Erzählung aus dem gemeinen Leben
mehr zu Einkleidung und Verhüllung einer Lehre,
als zu ihrer Enthüllung; sie hat also etwas Em=
blematisches in sich. Ueberdem gehet sie den Gang
der Fabel, und maaßt sich sehr freie Schritte in
diesem Gange an, indem sie oft mehrere Lehren
verbirgt, und sich nicht, wie die äsopische Fabel
an Einer derselben begnüget. Die gemeinsten
Dinge des Lebens, so wie Engel und Geister ei=



ner

ner andern Welt, können in ihr erscheinen; warum also sollten nicht auch Abstraktionen und Personificationen in ihr erscheinen dörfen? Kurz Parabel ist eine Gattung Gedichte, die zwischen der Fabel, dem Emblem, der Allegorie und Personification in der Mitte liegt, und wenn sie enthüllt wird, die schwersten und leichtesten Dehksprüche auf ihrem breiten Rücken tragen kann; mögen also diese vermischte Dichtungen Parabeln heißen.

Dies mögen sie denn auch, meinte ich, für unsre Zeit seyn; in der Welt nichts als Gleichnißreden, die Andred aus seiner, für seine Zeit machte, und die der unsrigen nur als alte Parabeln vorkommen sollen, und vorkommen werden. Mich dünkt, ich höre und lese bereits: „Gottlob, daß das alles nicht mehr auf unsre „Zeit paßet! wie weit sind wir voran!,, und freue mich darüber, und sage auch Gottlob! Und denn noch bitte ich diese alten Gleichniß- oder Ungleichnißreden mit nachsehender Geduld zu lesen. Denn

eben

eben zu Vergleichung unsrer mit jener Zeit wollte
ich Anlaß geben. Je schärfer diese geschieht, je
rühmlicher sie für unsre Zeit ausfällt; desto besser.
Nur verzeihe man mir, daß ich den alten Andres
in dies neue Licht nicht gemahlt habe. Einem
Rembrandschen Kopf Titiansche oder Mengsische
Farben zu geben, wäre ganz außer Zweck und Ort.
Also auch sein redliches christliches Herz
konnte und wollte ich dem guten Andres nicht aus
reißen; und auch darüber wird kein Verständiger
mich tadeln.

Im Ernst geredet. Nicht jeder in der Deutschen Nation liefet als Kunstrichter; nicht jeder
Kunstrichter will alle Augenblicke seines Lebens so
lesen. Gute Aepfel bricht man gern auch von
einem alten, verwachsenen Baume, und genießt
den Saft der Pommeranze, selbst wenn sie nicht
eben unter der mildesten Sonne zur Reise gedie-
hen wäre. Ja, (weil ich über Embleme auch
emblematisch reden darf) oft, meine Brüder, ist
das Halbe besser als das Ganze; und wenn diese

 Para-

Parabeln unsrer Zeit sehr ungleichartig sind, so ist's fürwahr besser, als wenn sie ihr ganz gleichartig wären. Jetzt wollen wir sie ungleichartige Gleichnißreden, hyperbolische Parabeln nennen; und was wollen wir mehr? Als Kunstwerke betrachtet, mögen sie für das, was sie sind, gelten; wer aber in diesen Denkbildern nicht Kenntniß der Welt, reiche Erfahrung des Lebens, einen, ich möchte sagen, Bakonischen Geist und ein großes, sanftes, edliches Herz bemerket, der suche diese seltnen Kostbarkeiten irgendwo anders.

*          *          *

Kein Wort zu weiterer Entschuldigung; vielmehr einiges zu Einleitung der folgenden vaterländischen Gespräche. Diese sind in eben dem Geschmack abgefaßt, als die Parabeln; deßwegen nenne ich sie auch vaterländische, nicht Griechische, Römische, Französische Gespräche. Wer Plato, Xenophon, Lucian, Cicero, Erasmus, Fontenelle, Diderot u. f. sucht,

von E,                                        wolle

wolle ihn hier, in eintönigen kurzen Unterredun-
gen zwischen A. und B. nicht finden. Der Vor-
trag ist hier fast so abgerissen und verstummend,
als er in den Parabeln war; offenbar auch aus
demselben Grunde. Wie aus jenen ließen sich auch
aus diesen lange Fäden spinnen, wenn man einige
Seide mit dem wenigsten Golde glänzend machen
wollte: Ich gebe die einzelnen Goldkörner, wie ich
sie finde; mache jeder daraus, was ihm gefällt.

A und B sind die Anfangsbuchstaben des
Alphabets, und jeder Mensch hat in seinem ei-
gensten Selbstgespräch dieß A und B in sich. Oft
ist Eins im Kopf, das Andre im Herzen; kurz
durch A und B wird ein Gespräch mit uns oder
mit andern allein möglich. Dieß ist es auch am
ernsthaftesten und führt zu etwas; es soll nicht
blos, wie bei mehreren Zwischenrednern, etwa
zur Unterhaltung dienen, und sich am Ende im
Sande verlieren. Es kann auch zwischen A und
B nicht wohl ausschweifen; denn es gestattet keine Grazien, wie eine dramatische Verhandlung;

es läuft kurz ab. Man erwarte also hier nichts, als eine mit kurzen Worten dialogisirte Wahrheit; gnug wenn diese des kurzen Dialogs werth war.

Aber auch manche dieser Wahrheiten wird einigen Lesern traurig scheinen. Man wird in mehreren Gesprächen eine niedergedrückte wunde Seele bemerken, und statt des frölichen Christian Rosenkreuz, der Andreä in seiner Jugend war, einen Mann finden, der in einer Gesellschaft, wo alles einen Namen haben mußte, sich nur den Mürben nannte. Hierüber giebt leider auch das Leben des Verfassers Aufschluß. Nachdem dieser Gedankenreiche, thätige Geist in so manchem zurückgestoßen war, und so andre Dinge vor sich geschehen sah, als er wünschte; freilich da dünkte ihm die Verbesserung der Welt nicht mehr so leicht, als sie dem Jünglinge Christian Rosenkreuz gedünkt hatte. Er zweifelt, er warnt, aber dennoch hofft er und ermuntert. Wie viel Gutes hofft er vom Volk, wenn es gut gelehrt und ge-

führt

führe würde! wie ermuntert er durch das Vorbild der Helden, selbst neuer Secten in ihrem ersten Eifer, z. B. der Waldenser, und Wiedertäufer! Nur alles, wie er meint, hat seine Zeit und Stunde, die müsse man befördern helfen, sie vorbereiten, herbeiführen; nicht aber sie übereilen.

Und hierinn bin ich ganz seines Glaubens. Wenn ein Kind den eingesponnenen Wurm zu früh aus seinem Grabe erwecken will, ehe diesen die Frühlingssonne selbst ruft, so schadet es ihm, und macht sein Wiederaufleben schwer, oder unmöglich. So liegen, so reifen wir im Schooß der Zeiten. Nicht mit Monaten, sondern mit Jahrhunderten wird die edelste Frucht der Erde, der menschliche Verstand in seinen allgemeinsten, größesten Wirkungen reif; dann aber, nach der großen Analogie der Dinge, dränget er sich ans Licht; nichts auf der Welt, die Mutter selbst, kann ihn nicht zurückhalten.

Fast hinter jedem Gespräch Andreä's fiel mir eine Reihe Gedanken ein, die ein Commentar

hät-

hätten werden mögen; bald für, bald gegen
seine Meinung. Ich habe aber dem Leser darinn
nicht vorgreifen wollen, weil ich keine edlere Frucht
des Lesens kenne, als daß es zu eignen Gedanken reizet. Und o wie weit haben uns die seit
dem beinahe verflossene zwei Jahrhunderte gefördert! Wie manche Triebfeder ist völlig stumpf
worden, der Andre noch viel zutrauete! wie manches Samenkorn hat sich entwickelt, indem er damals noch nichts weniger als die Kräfte ähndete,
die es seitdem gezeigt hat! In allen diesen Ge-
sichtspunkten sind seine kurzen Gespräche sehr
lehrreich.

Ruhe also wohl, edle Asche! Was dein lieb-
licher ernster Geist mir war, möge er andern
werden.

III. Ei-

# III.

# Einige
# vaterländische Gespräche.

---

Gedruckt im Jahr 1617.

## III.

## Einige

## vaterländische Gedichte.

## An die Antipoden.

### Gute, einfache, herzliche Menschen.

Hier! schicke ich euch, ihr Lieben, ein Bild unsrer Halbkugel, nicht mit Apelles Pinsel gemahlt, sondern mit einer von ungefähr ergriffenen Kohle gezeichnet. Dagegen verlange ich von euch keinen Gewinn; nur etwa eine kleine Vergleichung unsrer mit eurer Einrichtung. Auf denn! wenn es bei euch eben so oder weniger ungereimt zugehet, als bei uns; so theilet mirs mit, da wir doch Einen und denselben leimigen Erdball bewohnen. Kein Styl ist hier gebraucht, als der freie Styl; keine Autoren, als Augen, Ohren, Gefühl. Einen Lobredner vors Buch zu stellen, hat mich die Schaam verhindert; mein Zeuge ist die Sonne, der ich die Botschaft zu euch anvertraut habe. Lebt wohl, und habt mit uns Mitleid. Geschrieben unter dem 50ten Grad Nordpols Höhe.

—— Machia-

# Machiavell.

A. Was verbrennest du da?

B. Ich bringe der Pietät ein Opfer.

A. Der Pietät ein Opfer in Flammen?

B. Vertilgt muß er werden, der pestilentia-
lische Mensch.

A. Wer? Aristoteles?

B. Das Wort wäre Verbrennenswerth.

A. Sey es; nenne mir nur deinen Schuldigen.

B. Es ist jener Bube aus Florenz.

A. Machiavell? der arme Thor!

B. Er, aller argen Schälke Vater. Hätte
die Erde ihn nie getragen! hätte der Abgrund ihn
gleich in der Geburt verschlungen!

A. Hat ers denn so gar arg gemacht, der
Arme?

B. Warum aber nur arm, nur Thor?

A. Weil er nichts anders that, als die Maximen, die er in Verwaltung der Staaten bemerkte,

kurz

kurz die Staatsgeheimnisse bekannt machte. Das wagte er; freilich mit Aufopferung seines guten Namens, und zu Erbeutung eines allgemeinen Haßes.

B. Wie? Erfand er nicht selbst diese Bos,heiten? räth er sie nicht an?

A. Er erfand sie nicht; er verrieth sie. Ein gar zu aufrichtiger Thor, der sich nicht schämte, herauszusagen, was andre nicht etwa nur denken, sondern woran sie glauben, wornach sie handeln.

B. Nur das hätte Machiavell gethan? und warum wird er denn so allgemein gehasset?

A. Das will ich dir sagen. Die Regenten hassen ihn, weil er ihre Künste entdeckt hat; die Räthe hassen ihn: denn er greift ihnen ans Herz; die Dienenden knirschen thöricht zuerst deßhalb, weil sie alles Uebel, das sie dulden, aus Machiavells Hirn entsprossen glauben, nachher ärgern sie sich, ihr Elend durch ihn in ein so helles Licht gesetzt zu sehen.

B. Und so wäre Machiavell unschuldig?

G 2

A. Das

A. Das wirst du finden, wenn du acht giebst, wie die Welt ist, und lange vor Machiavell war. Die dem Recht vorstehen, sind oft die ungerechtsten; die der Religion vorstehen, häufig die Gottlosesten; die der Gelehrsamkeit vorstehen, oft die unerfahrensten; die über Geschäfte gesetzt sind, die trägsten; die die Humanität befördern sollen, die inhumansten —

B. Das ungefähr habe ich aus Machiavell gelernet.

A. Du kannst es aus der Welt selbst lernen, deren scharfsinniger Beobachter und treuester Nacherzähler er war.

B. So brenne er denn mit alle dem Uebel, das in ihm stehet! —

A. Zu dem Brande würde dir Holz und Heerd fehlen. Ueberlaß Dem die Sache, der alle Bosheit der Welt kennet, daß er ihrer aufs weiseste spotte.

B. Und Machiavell lebe?

A. Er lebe, wenn auch nur als der offenbarste Zeuge menschlicher Schalkheit und Ränke.

Der

# Der Kanzelredner.

A. Sie erfüllen also Ihr Versprechen?

B. Gern, wenn ich darf.

A. Ich versichere —

B. Werden Sie böse, so werden Sie's über sich, da Sie einen freien Menschen nöthigen.

A. Ich bitte, sagen Sie aufrichtig, was Sie an meiner Predigt vermißt haben.

B. Nur Eins, aber ein Hauptstück.

A. Doch nicht die Disposition?

B. Ich glaube, sie war nach den Regeln der Methode.

A. Die Aussprache?

B. Reden Sie, wie Gott Sie geschaffen hat und ahmen nur nicht nach.

A. Oder die Action?

B. Die ist mir gleichgültig, wenn sie nur bescheiden ist und nicht gesticulirt.

A. Meine Predigt war also zu lang?

G 3

B. Ist

B. Iſt eine Predigt gut, ſo iſt ſie nie zu lang; eine ſchlechte iſts immer.

A. Oder habe ich nicht gnug Sprüche ange: führt?

B. Sie haben ja kein Spruchkäſtchen aus: leeren wollen.

A. So ſprach ich wohl zu langſam?

B. Ei, ein Lehrer muß lehren, nicht ſchwätzen.

A. Oder nicht laut genug?

B. Ich liebe die Stimme eines Menſchen, nicht das Geſchrei eines Eſels.

A. Oder ich hätte ſubtiler unterſcheiden ſollen?

B. Sie waren ja da, Unwiſſende zu unter: richten, nicht mit Ketzern zu diſputiren.

A. So erklären Sie ſich denn ſelbſt.

B. Hören Sie. Mich dünkt, Sie haben viel, ſehr viel Gutes geſagt, das aber durch Sie — nur durchfloß, wie durch eine Röhre.

A. So?

B. Wo

B. Wo denn auch manches den Geruch der Röhre an sich gezogen hatte, und darnach schmeckte.

A. Kein gutes Compliment.

B. Das beste, das ich zu machen weiß. Denn wenn Sie gute, wenn Sie die heilsamsten Lehren nur **herauswerfen**; und nichts davon in Ihrem Leben, in Ihren Sitten ausgedrückt zeigen, so daß Sie, wie ausser sich gesetzt, anders zu reden, anders zu denken scheinen; machen Sie uns am Ende nicht glauben, Ihre heiligen Worte seyn nur gewohnte, feierliche Worte, ohne alle innere Empfindung; so wie Poëten jetzt Leichen- jetzt Hochzeitgedichte machen, um die Gebühr. Sie haben z. B. viele Stellen der Schrift in Bereitschaft, deren keine aber Sie ermahnet, Sie lehrt, oder stärkt und tröstet; da doch sonst ein einziger Trostspruch aus dem Munde Gottes einen Kranken so erquickt, daß er zutrauend und fröhlich darauf einschläft.

A. Sie setzen mir hart zu.

G 4

B. Ist

B. Ists nicht aber auch am Tage, daß die schlechtsten Menschen oft am besten predigen? und daß manche nichts anders können, als predigen? Ich wollte also nur Eins; daß Sie künftig nichts sagten, als was Sie durch Ihr Beispiel in der That ausdrückten, oder durch ernste Versuche in göttlichem Gehorsam bewährten.

A. Das ist hart.

B. Ungleich härter aber, sich vor Gott öffentlich in Worten und Werken zu widersprechen, und den Gottesdienst in ein leeres Wortgeplärr zu verwandeln.

A. Allerdings wahr!

B. Und eben so wahr, glauben Sie mirs, daß eine einfache, schlichte Predigt durchs Leben dargestellt und besiegelt, mehr werth ist, als tausend sinnreiche Declamationen.

Die

# Die Sprüchwörter.

A. Ich kanns nicht loben, daß du ohne Eintheilung des Tages dich in den Studien so umherwälzest.

B. Verzeih. Ich konnte nie nach dem Glockenschlage weise seyn.

A. Die Natur selbst aber theilt ihre Geschäfte in Zeiten ein.

B. Bei jeder andern Arbeit mags angehn; nur Studien fodern eine ganze, nicht nach der Uhr abgetheilte Seele.

A. Das ist endlich auch kein Studium Sprüchwörter lesen; es ist ein Spiel.

B. Und ich halte es für den Auszug menschlicher Weisheit und aller andern Arbeit.

A. Wah! Sprüchelchen des Volks, Altweibersentenzen sollten Weisheit heißen!

B. Freund, auf mein Wort! Was in Müh und Arbeit, in Noth und Gefahr, durch Irren

G 5                          und

und Nachforschen das menschliche Geschlecht je
bewährt gefunden, steht in diesem Büchelchen,
so daß ichs fast Maximen und Axiomata des
Erdballs nennen möchte.

A. Da bist du gewiß in eine falsche Diana
verliebt.

B. Glaube mir, hier stehen Merkuriussäu-
len, die die thörichte Jugend im ersten Hoffnungs-
vollen Lauf der Erfahrung vor Abwegen warnen.

A. Das soll die Philosophie thun.

B. Greise thaten es, die nach vielen Um-
schweifen endlich müde und matt in sich selbst zu-
rückkehrten, und durch ein Bekänntniß ihres langen Irrthums uns hier in der Kürze rathen und
belehren wollten.

A. Was könnte ein Chaos so vieler Sentenzen lehren?

B. Und ist die Welt nicht ein größeres Chaos?
dem du dich also ohne Belehrung sicher an-
vertrauest? —

A. Man muß gerade zugehen zur Wahrheit.

B. Zur

B. Zur Wahrheit! zu ihr, die so oft hinter Wolken ist, als die Zeiten wechseln, als sich dein Alter ändert.   Hast du bisher nie geirret?

A. Wenn auch.   Aber die Wahrheit, die ich von fern sah, erreichte ich doch endlich.

B. Nimm dich in Acht, daß du Wahrheit und Einbildung nicht für Eins nehmest.

A. Pöbelsprüchwörter werden mich diesen Unterschied nicht lehren.

B. Du nennst Pöbel, was vielleicht eine Versammlung der Weisen war.   Und dann, hat oft nicht auch ein Bauer gescheut geredet?

A. Die Philosophen indeß reden noch gescheuter.

B. Ich glaube keinen gebohrnen Philosophen; er bildete seine Weisheit aus dem Volkshaufen.

A. Und ich halte geschriebene Weisheit für die sicherste Weisheit.

B. Ich

B. Ich wüſte nicht. Das aber weiß ich, daß Menſchen, die wir für die Weiſeſten halten, die aller Wiſſenſchaften Bücher aufblättern, daß dieſe ihre ganze Lebensweiſe, wie ſie ſie treiben oder andern vorſchreiben, zuletzt doch nur nach Einem und dem andern Hausverſuch gebildet haben.

Der

# Der Zauberer.

A. Sehe ich dich noch immer wie ich dich sah, müssig und ohne Bestimmung; ein Niemand. Du bist in dem Alter, da man Gott und dem Staat dienen soll; auf! —

B. Ich möchte wohl; aber alle Dinge sind so schwer! so schwer, daß niemand es ausspre- chen mag.

A. So höre auch auf, ein Mensch zu seyn: denn des Menschen erstes Gesetz ist Arbeiten.

B. Aber die Arbeiten haben ihre Grade, ihre verschiednen Gewichte.  Indem ich diese nun un- tersuche, gegen einander abwäge und prüfe, ver- geht die Zeit. —

A. Ei dann fort! was gefällt dir vor andern? die Theologie?

B. Sie hat zu viel Ernstes, zu viel Gefahr.

A. Die Jurisprudenz?

B. Ich verstehe mich nicht aufs Lügen.

A. Die

A. Die Medicin?

B. Dazu bin ich zu schaamhaft.

A. Die Philosophie doch?

B. Ich fürchte mich vor der Verrückung.

A. Die Mechanik?

B. Sie hungert.

A. Der Ackerbau?

B. Dazu fehlen mir Kräfte.

A. Die Jagd?

B. Ein thierisches Leben.

A. Fische zu fangen?

B. Macht naß.

A. Die Musik?

B. Ist Comödiantenwerk.

A. Die Chirurgie?

B. Stinkt.

A. Die Chemie?

B. Raucht.

A. Eine Fabrik?

B. Stäubt.

A. Die Mühle?

B. Das

B. Das Klappern tödtete mich.

A. Die Küche?

B. Ist voll Ruß und Rauch.

A. So werde ein Gärber, ein Weber, ein Schuster, ein Schneider.

B. Das ist dein Spaas.

A. Nun, was misfällt dir denn am Pferde⸗knecht;

B. Das Striegeln.

A. Am Kaufmann?

B. Daß sein Glück so wenig Bestand hat.

A. Am Schiffer?

B. Das wilde Meer.

A. Am Soldaten?

B. Er muß Blut vergiessen.

A. So gefällt dir ganz und gar kein Baum, an den du dich aufhängen kannst?

B. Das ists eben, was ich sagte. Alles ist voll Eckel, Verdruß und Mühe. Laß mich blei⸗ben, der ich bin.

A. So

A. So mußtest du aber auch kein Kind seyn: denn da machtest du dich unrein; kein Knabe: denn da bekamst du die Ruthe; kein Jüngling, da war dir auch warm. Mann wirst du nicht seyn wollen; da giebts' Haus-Sorgen. Unverheirathet kannst du nicht bleiben; da legt man dir Netze. Alt kannst du nicht werden; da kommen Ungemächlichkeiten.

B. Mich schauderts, so oft es mir in den Sinn kommt, daß nichts unter der Sonne sei, bei dem man Ruhe findet.

A. Bedenke, daß da Alles dir günstig ist, du allein gegen dich wütest und dir hart bist. Wenn du an jedem Dinge etwas auszusetzen hast, siehest du nicht, daß deine unzufriedene Gemüths-art eine viel größere Ungestalt sei, als alle jene Fehler mit einander? Was hast du nöthig, dich um aller Menschen Arbeiten zu ängstigen und zu kümmern, da dir eine einzige gnug seyn kann, die Zeit auszufüllen und (wenn du es nur glauben

woll-

wolltest) selbst angenehm zu vertreiben: denn was dir jetzt elend scheinet, wird dir in kurzem weniger verhaßt, endlich leicht werden.

B. Ich will sehen, wozu ich mich entschließen kann.

A. Wähle dir irgend eine gute Lebensart; angenehm wird sie dir werden durch Gewohnheit.

# Wir.

A. Wie weit sind wir im Geschmack aus einander?

B. So?

A. Mich freuen neue Bücher; du suchst die alten aus ihrem Staube hervor.

B. Ich gestehe; bei den Alten finde ich viel Gelehrsamkeit, bei den Neuern viel Leerheit.

A. Es mag wahr seyn, daß die Neuern die Gelehrsamkeit der Alten plündern; sie tragen sie aber artiger vor, und bringen sie erweitert zu Markte.

B. Darinn nun eben ist unser Geschmack verschieden. Du liebst das Vorzeigen; ich das Nachspüren. Dies scheint mir edler, dem menschlichen Geist würdiger.

A. Was hast du jetzt vor;

B. Späße eines zu seiner Zeit nicht übeln Mannes.

A. Sage

A. Sage mir einiges aus deiner alten Welt.

B. Ich weiß nicht, ob es für dich ist; aber lache mit mir. Siehe hier zwei Etymologien: Herzog, sagt mein alter Autor, kommt von Herz und Og, (Auge) her, als ob Stärke und Klugheit in ihm vereinigt seyn sollten. Hoffart leitet er von Hof-Art ab, als ob die Hof-Art ihrer Natur nach Hoffart sei. —

B. Spielereien!

A. Ohne den Stachel, der darinn liegt, mögen sie es seyn; aber auch das gefiel mir, was mein Autor über das Wir in fürstlichen Rescripten sagt.

B. Ich dächte, das brächte der Fürsten höchste Würde und Hoheit mit, daß sie sich selbst anders, als wir einzelne Erdensöhne uns nennen.

A. Mein Autor giebt davon eine andre Ursache an; er hält nehmlich das fürstliche Wir für ein Zeichen der größesten Demuth und Humanität. Denn sagt er, da die Fürsten wissen, daß

                              sie

sie Menschen und für sich unfähig sind, eine so
große Menge Menschen zu regieren: so wollen sie,
daß nichts in ihrem alleinigen Namen beschlossen
oder geordnet sei; sondern sagen **Wir** und beken-
nen, daß darüber Rath eingeholt worden, daß
es nach vernommener einmüthiger Zustimmung
verfügt werde. So oft du also liesest: **Wir,
von Gottes Gnaden,** mußt du dir das ein-
stimmige Urtheil der klügsten, vorsichtigsten Raths-
geber des Vaterlandes dabei denken; welches **Wir**
denn allerdings viel dazu thut, den Unterthanen
Zuversicht und Glauben an den Befehl ihres Fürsten zu geben und am Ende Gott die Ehre allein
läßt.

A. Das gefällt mir nicht übel.

B. Er fügt noch das hinzu, daß es sich für
uns nicht schicke, die Fürsten anders als mit Ich,
selbst im Lateinischen, anzureden, damit es nicht
aussähe, als ob wir den Sinn ihres Ausdrucks
nicht begriffen, oder daran zweifelten.

A. Das mögen sich unsre Halblateiner, unsre
gestren-

geſtrengen Herrlichkeiten merken, denen das Wir ſo gern in den Mund kommt.

B. Uebrigens kümmerts mich freilich nicht ſehr, welchen Glauben mein Codex mit ſeiner Auslegung finde.

A. Wie aber, wenn heut zu Tage ein Fürſt blos für einen pompöſen Ehrentitel hielte, was einſt ein Zeichen der Demuth war, und ſein: Wir wollen und befehlen hinſchriebe, wo wider den Willen Gottes und den Rath der Seinigen er al: lein befielt?

B. Dann, ſagt mein Autor, thue er der Humanität ſeiner Vorfahren, der Treue ſeiner Unterthanen, der menſchlichen Verfaßung und Gott ſelbſt Schmach und Unrecht an, die er zeitig gnug büßen werde.

# Die Helden.

A. Gegrüſſet ſeyd mir, ihr Helden, die ihr um das menſchliche Geſchlecht euch aufs beſte verdient gemacht!

B. Welch eine Andacht verrichteſt du da?

A. Im Saale der Helden wandle ich hier, und beſchaue mit ehrerbietiger Bewunderung das Antlitz derer, die unter den Menſchen hoch her‌vorragten. —

B. Was für Gedanken aber haſt du, wenn du dieſe Bilder der Tugenden anſieheſt?

A. Ich merke mir die ſonderbaren Züge, die die Natur in dem Gebäude anbrachte, in dem ſo edle Seelen würdig wohnen ſollten.

B. Und mir fallen zuerſt die Ungeheuer ein, mit denen ſie als Helden beherzt und Mühevoll zu kämpfen hatten; ſodann auch meiſtens der unwür‌dige Lohn, den ſie zum Dank für ihre Verdienſte davon trugen.

A. Giebt

A. Giebt es einen größeren Lohn für Arbeiten und Gefahren, als daß diejenigen, die sie be-
standen, im Tempel des Gedächtnißes und Nachruhms für die Ewigkeit dastehn. und jedes edle Gemüth zur Nachahmung auffodern? daß sie, wie
in die Zahl der Götter aufgenommen, den Studien aller Welt Gesetze geben?

B. Das, mein Freund, wars nicht, was
jene edle Lichter suchten: denn im Gerücht der
Menschen, in einem zweifelhaften Namenruhm
fortzuleben, ist der Tugend das kleinste. Aber
daß sie sich der menschlichen Irrthümer, die sie
gewahr wurden, erbarmten, und mit edler Kühn-
heit dagegen Rettungsmittel suchten; daß wenn
diese Mittel, statt mit Beifall aufgenommen zu
werden, mit Schande verworfen wurden, diese
Armen, nach langer Abmattung, betroffen und
gereizt vom unheilbaren Uebel der Menschheit, ihre
Bemühungen oft selbst verwünschen mußten,
und unwillig die Erde verließen, das ists, was
mir bei diesen Bildern einfällt.

H 4

A. So

A. So soll sich niemand denn, nach deiner Meinung, mit der Verbeßerung menschlicher Dinge beschäftigen?

B. Jeder Edle und Gute soll es thun, nur unter der gewissen Erwartung einer bösen Nachrede, eines Müdewerdens aller Mühe und Arbeit, zuletzt der Undankbarkeit. Alle Verbesserer der Staaten, der Wissenschaften und Religionen haben dies erfahren.

A. So sei es genug, wenn man den Seinigen Gnüge gethan hat.

B. Auch dies ist nicht immer möglich. Entweder sind die Urtheile der Menschen so verschieden, oder der göttliche Rathschluß will es also, daß uns die Welt untreu seyn soll. Wer würde auch sonst glauben, daß die Frömmigkeit der Pharisäer Heuchelei, die Rathschläge der Herodianer Diebstäle des gemeinen Guts und die Sophistereien der Cyrenenser Barbarei seyn, wenn sie nicht eben der anschaulichsten Wahrheit so leidenschaftlich und unverschämt sich widersetzten.

A. Man

A. Man muß versuchen.

B. Gehe hin und versuche.   Vertreibe, wie der edle Brahe, ungestalte eccentrische Kreise mit großen Kosten und sinnreich-ausgedachten Werkzeugen vom Himmel, damit du wie Er durch ungestalte barbarische Gewalt von Haab' und Gütern vertrieben werdest.

H 5          Simon

## Simon schläfst du?

A. Wie wunderbar ists, daß zur Zeit der größ=
sesten Gefahr die meisten Menschen am sichersten
sind!

B. So sollte man ihnen das Simon,
schläfst du? beständig ins Ohr rufen.

A. Wer weiß nicht, daß Deutschlands Anse=
hen und Stärke durch die Uneinigkeit seiner Stän=
de verächtlich werde? daß unser Vaterland an
Gut und Zier verarme?

B. Simon, schläfst du?

A. Ist nicht die Religion zum Waarenhandel
worden?

B. Simon, schläfst du?

A. Was ist der Richterstuhl, als eine Saat
von Processen? Die Curie ein Labyrinth, der
Hof ein geheimes Gemach?

B. Simon, schläfst du?

A. In

A. In den Schulen, was thut man häufiger, als Ziegenwolle scheren?

B. Simon, schläfst du?

A. Und die Gesetze sind Phantastereien eiteln Wahnes.

B. Simon, schläfst du?

A. Die Priester füttern sich. Und die Obrigkeit tanzt. Das Volk belacht, worüber es weinen; es beweint, worüber es lachen sollte.

B. Simon schläfst du?

A. Die Künstler gebähren Tand.

B. Simon, schläfst du?

A. Und die Jugend entehrt sich.

B. Simon, schläfst du?

A. Unglückliche Erde! wo die Sinnlichkeit Lehrerin, die Heuchelei Rath, Eitelkeit die Gesellin, Meinung der Schmeichler, die Sicherheit unsre Gefährtin, Bosheit unsre Dienerin ist.

B. Schläfst du, Simon? vermagst du nicht diese Stunde zu wachen?

A. Wie

A. Wie sollte wachen, dem der Bauch Gott, sein Wille Gesetz, Ehrsucht die Führerin, Verwegenheit Kunst, Gewohnheit die Regel, ein Dunst Lohn, Possen Delicatessen, die Knechtschaft ein Ehrentitel, starre Trägheit das Ruhekissen, das Ende Verdammniß ist?

B. Erwache, Simon, wenn du nicht im Todtenschlaf träumest.

A. Im Todtenschlafe. Denn den so offenbaren Gott läugnen, eine feindliche Welt lieben, einen unförmlichen Zustand der Dinge loben, des so ungewissen und dennoch gewissen Todes vergessen, sich an dicker Finsterniß vergnügen und die unüberwundene Wahrheit abläugnen; einen sterblichen Ruhm anbeten, ein gegenwärtiges Unglück wegheucheln, und sich der schändlichsten Ketten rühmen; unser selbst in unsrer Brust stupidunwissend seyn — das ist nicht Todesschlaf, es ist Erstarrung.

B. Er

B. Erwache, wenn dein Ohr nicht Fels ist; erwache dem Schall der Trommete; die dich zum Licht, zum Tage, zur Unsterblichkeit rufet.

A. Vergebens rufst du einer Zeit zu, in welcher so viele schlafen, in welcher fast niemand wacht.

Die

## Die Waldenser.

A: Was, glaubst du, sei die Ursache, daß da alle Religionen auf Heiligkeit des Lebens und Frömmigkeit dringen, sie doch so selten diesen Zweck erreichen?

B. Vielleicht macht das die Verschiedenheit der Menschen; Ein Volk ist lenksamer, ein anderes wilder.

A. Die Ursache ist mir nicht zureichend, da offenbar ist, daß Menschen aus den verschiedensten Nationen, bei dem Bekenntniß Einer Religion, auch in Sitten und Bestrebungen sehr nahe zusammentreffen. Irre ich nicht, so bringt jede Religion ihre Lebensweise mit sich.

B. Bei Papisten und Wiedertäufern ist die Ursache offenbar: ihre Frömmigkeit ist ein Lohndienst.

A. So giebst du doch zu, daß in der Religion

etwas

etwas seyn könne, das die Menschen zur Rechtschaffenheit leichter führe und reize?

B. Das ist offenbar.

A. Was glaubst du denn, das unsrer Religion
fehle, die die Pietät so gewaltig anräth, und
sie doch wenig oder gar nicht bewirket?

B. Darf ich rathen, so möchte es seyn, weil
Religion und Staat bei uns zu verschiedene, einander fremdartige Wesen sind; jedes derselben begünstigt gleichsam eine verschiedene Parthei, jedes hat seine verschiedene Lebensweise. Glauben
wir den Geistlichen, so sollen wir beten; glauben
wir den Vornehmen, so sollen wir lästern; dem
Pöbel, so sollen wir blind seyn; wie wenn der
Eine einen schwarzen, der Andre einen gestickten
Rock, der Dritte gar einen Sack Standesmäßig
trägt, und tragen müßte. Wenn wir also etwas Gott
zu thun haben, so wird das ein Mischwerk, wovon nur die äußere Seite mit Religion geschminkt
ist. Nimm ein einziges Exempel. Den Läste-
rern gegen die Religion giebt man einen gelinden

Ver-

Verweis; Diebe, die drei Pfennige gestohlen haben, henkt man; über Trunkenbolde scherzt man; und wer etwas frei über den Staat spricht, wird der Stadt verwiesen. Offenbar sieht man also, daß die Obrigkeit für Staat und Moral nicht gleiche Sorge trage, daß die Geistlichen keinen andern Eifer haben, als gewöhnlicher maaßen zu predigen u. f. Die Obrigkeit gebraucht der Religion als eines Mittels, den Pöbel im Zaum zu halten; die Geistlichen, reich zu werden und hinaufzukommen —

A. Das hinderte indeß die Guten nicht; und es wundert mich nur, daß bei uns deren weniger und diese Wenigen viel ungelehriger sind, als anderswo, wo die ganze Secte sich durch Känntniß und Uebung der Rechtschaffenheit auszeichnet.

Ich will dir aus einem uralten Codex etwas von den Waldensern vorlesen. „Alle, (sagt der Päpstler, der da schreibt,) alle, Männer und Weiber, Große und Kleine, lassen Tag und Nacht nicht ab, zu lernen und zu lehren. Der Handwerwerker, der Tagüber arbeitet, lernt und lehret des Nachts; sie beten also auch wenig, weil sie studiren. Selbst die Schüler lehren ohne Bücher; auch in den Häusern der Aussätzigen lehren sie. Wer eine Woche gelernt hat, lehrt weiter, so daß ein Eisen das andere ziehet. Wer sich entschuldigt, daß er nicht lernen könne, dem sagen sie: „lerne täglich nur ein Wort, in Jahresfrist weißt du die Sprüche, und kommst weiter.„ Ich hörte von einem Rechtgläubigen, daß ein Ketzer, den ich kenne, Nachts in bösem Wetter durch den Fluß geschwommen sei, nur um ihn von unserm Glauben zu dem Seinigen zu verführen. Deßgleichen sah und hörte ich einen ungelehrten Bauer, der das ganze Buch Hiob von Wort zu Wort hersagte, und viele kenne ich, die das neue Testament auswendig wissen vom Anfange bis zum Ende. Sehen sie, daß jemand übel lebt, so sagen sie: „so lebten die Apostel nicht! so müssen auch wir nicht leben, die Nachfolger der Apo-

I                          stel.„

stel.„ Dies erzählt mein päpstlicher Scribent, der sonst ihr ärgster Feind ist.

A. Du hast mir fast Thränen ausgepreßt; was sind wir dagegen beim hellen Lichte des Evangeliums?

B. O daß wir Lehre und Leben verbänden! Jetzt, wenn jenen die Lehre, diesen sein Leben verdammt, wer wird je selig?

Lob-

# Lobrede auf Nero. *)

A. Endlich hat sich gar einer gefunden, der dem Nero eine Lobschrift schrieb.  Abscheulich!

B. Der Autor hat bei mir große Gunst gefunden.

A. Wie? kanns Ihnen angenehm seyn, daß Ungeheuer der Erde, daß die Pest des menschlichen Geschlechts entschuldigt werde?

B. Wie die menschliche Natur ist, kann mir nichts so Ungereimtes und Ungeheures genannt werden, das nicht auf dem Gipfel von Macht und Ungebundenheit veranlaßt, befohlen, endlich, auch entschuldigt werden könnte; wenn Gott nicht drein siehet.

A. Was werden wir also von denen sagen, die auf dem Gipfel von Macht und Ungebundenheit sich Schuldlos und löblich betrugen?

B. Wir wollen von ihnen sagen, daß sie etwas über Menschenkräfte durch eine besondere

J 2    Wohl=

*) Sie ist bekanntermaaßen von Cardanus.

Wohlthat Gottes geleistet haben, der seine Barm:
herzigkeit der Welt erzeigen wollte, wenn unsre
Erde wenigstens einen Athemzug der Erholung be:
dorfte. Denn da die Menschen mit so gar viel
Irrthümern umfangen sind, daß dieserwegen ih:
nen immer unwohl seyn müßte: so träuft von
Gottes Güte dann und wann ein milder Tropfe
hinein, daß der Staub unsrer Erdendinge wenig:
stens zusammenhält.

A. Wer indessen wird einen Nero empfehlen?

B. Merken Sie: Nero ist in dieser Schrift
nie entschuldigt; er ist nur mit denen zusammen:
gestellt worden, die die Welt am unschuldigsten
glaubt. Und es hat durch diese sinnreiche Ver:
gleichung gezeigt werden sollen, daß nicht etwa
der einzige Nero ein Tyrann gewesen, sondern
daß vor und nach ihm, ja auch noch jetzt mehrere
dergleichen Nero's leben, wenn einmal die Sa:
che recht erwogen und mit freier Zunge geurtheilt
werden darf. Das Herz der Menschen ist aller
Bosheit fähig, sobald Zeit und Umstände diese

ge:

geſtatten; kein Herz iſt milde, als in dem Gott wohnet. Unſer Chriſtenthum ſchärft alſo einzig und vor allem Furcht und Ehrerbietung vor Gott, Gottes Anregung, Gottes Beiſtimmung ein, daß, wer andern vorgeſetzt iſt, auf keine Weiſe nach ſeinem Gefallen, nach ſeiner Willkühr befehlen zu dörfen glaube, ſondern ſeine Geſetze nach den Geſetzen des Himmels ordne. Iſt dieſe Grundregel einmal verlohren, oder verderbt; ſogleich entſtehen Ungeheuer der Menſchheit, Thaten, die den Erdball drücken und plagen. Da unſer edle Schriftſteller nun zu ſeiner Zeit deren mehrere kannte und ſelbſt erfahren hatte; ſo wollte er nicht, daß die Nachwelt durch eine ſchändliche Schmeichelei hinterganzen würde, als ob Die Götter, Heilande ihres Volks wären, die unter Menſchen kaum den Namen wilder Thiere verdienten. Wen konnte er zu dem Ende ſchicklicher auf- und vorführen, als den Nero! ihn, aller Grauſamkeit und Lüſte Fürſten.

J 3　　　A. Wenn

A. Wenn dem so ist, so bin ich dem Lobredner Nero's schon geneigter.

B. Warum sollten Sie es nicht seyn? da er nur zeigen wollte, daß „jeder Nero etwas von Trajan und jeder Trajan etwas von Nero an sich trage.„

# Der Bettler.

A. Guten Tag, Alter.

B. Gleichfalls. Ich wußte nie von einem schlimmen Tage.

A. Mein Gruß war: „gut Glück! daß es dir wohlgehe!„

B. Ich war nie unglücklich. Es gieng mir nie übel.

A. Dabei erhalte dich Gott; erkläre dich aber deutlicher.

B. Sehr gerne. Du wünschtest mir einen guten Tag; kann aber wohl Ein Tag böse seyn, den Gott schickt? In Frost und Hitze, in Hunger und Durst habe ich Den zu loben, dessen Wille hiemit geschieht. Ist nun der nicht glücklich, der mit Gott übereinstimmt, der von ihm, was es auch sei, annimmt, und nur von Ihm Alles erwartet?



Du

Du wünschtest, daß mir es wohl gehe; es gehet mir wohl, da ich mir kein Wollen vorbehalte, als das von Gottes Willen abhängt.

A. Wie aber? wenn dich Gott verwürfe?

B. Er kann nicht; ich umfasse ihn mit den Armen demüthiger Liebe und hohen Glaubens. Mittelst ihrer bin ich mit Gott unauflöslich verbunden; wo Er ist, werde ich mit Ihm seyn. Mit Gott lieber in der niedrigsten Tiefe; als ohne ihn auf dem höchsten Gipfel.

A. Woher bist du?

B. Ich komme von Gott, lebe in ihm, und gehe zu Gott wieder.

A. Wo fandest du Gott?

B. Wo ich alles, was Geschöpf ist, verließ.

A. Wo wohnt Gott?

B. In einem reinen Herzen; in einem muntern Willen.

A. Wer bist du?

B. Ein König.

A Wo ist dein Reich?

B. Mei-

B. Meine Seele ists, deren Herrschaft mir von Gott dazu anvertrauet ward, daß weder ihre inneren, noch äußeren Sinnen umherschweifen.

A. Nach welchen Regeln regierst du?

B. Stillschweigen, Gebet, Geduld, Gehorsam, Uebung sind meine Staatsregeln.

A. Zu welchem Endzweck?

B. In nichts zu ruhen, was nicht das Höchste, was nicht Gott ist.

A. Und deine Krone?

B. Ist Ruhe der Seele.

A. Weh also denen, die uns durch ihre kleinliche Vorschriften zu nichts als zur Unruhe, zum Laufen und Rennen rufen, und uns dafür die Gipfel der Berge versprechen; indeß sie selbst als niedrige Sklaven dem Staube dienen.



Die

# Die Staatsklugen.

A. Glückliches Zeitalter, das Unsere! in dem man aus so vielen der klügsten Schriftsteller, aus so viel zurückgelegten Jahrhunderten endlich die vollkommenste Staatsform bilden wird.

B. Das heißt, aus fremden Schaden klug werden kann.

A. Gewiß. Wie hoch wird noch der menschliche Geist steigen!

B. So hoch, daß er, vom Schwindel ergriffen, traurig herabstürzt.

A. Wie? Sie sind unsrer geistvollen Zeit, unserm gelehrten Jahrhundert nicht günstig?

B. Günstig bis zum empfindlichsten Mitleid — in Manchem.

A. Giebt es ein größer Glück, als den allgemeinen Weltlauf betrachten, und daraus das seltenste, klügste, vollkommenste abnehmen zu können?

B. Und

B. Und ists nicht schön, auf dem Markt altes Geräth kaufen zu wollen, um damit ein neues Haus zu zieren?

A. Giebt es etwas anständigeres, als nach dem Rath des gesammten Alterthums Kriegs- und Friedensgeschäfte im Staat einzurichten?

B. Und etwas Passenderes, als unsre kleine Buben in unsere grosse Stiefeln zu kleiden;

A. Ich sehe nicht, was Sie wollen.

B. Das will ich, daß die Zeiten sich ändern, daß alte und neue nicht in einander paßen und Gott jeder Scene ihre Decoration und handelnde Personen giebt, die, nach seinem Zweck, sowohl in der Welt- als Kirchengeschichte spielen; indeß die Zuschauer entweder zerstreut sind, oder erwarten, und auf den Ausgang rathen. —

A. Staatsklugheit und Geschichte hätten also keinen Nutzen?

B. Keinen dem Herrn der Welt entgegen; beide sehr viel um Gottes Absichten und Wunderwege zu bemerken.

A. In-

A. Inzwischen bleiben die Staatsgeheimnisse doch immer jene verborgnen Räder, die dem, der in sie blickt, die ganze Bewegung der Maschiene verrathen.

B. Vergessen Sie aber dabei nicht, daß das ganze Triebwerk einer höhern Hand untergeordnet sei, die Zeiten und Stunden darinn einrichtet. Ohne diesen Zweck sieht man die verborgenen Räder wie ein Knabe an, der sich über ihr Umdrehen freuet, und nichts davon zu nutzen weiß.

A. Ei, der Weise herrscht über die Gestirne, geschweige über kleine menschliche Triebwerke.

B. Der göttliche Weise, ja! der aus und mit Gott denket.

A. Auch scharfsinnige Politiker erreichen ihre Absichten.

B. Armseliges Erreichen, wenn Gott lächelnd drein sieht. Der eine Reihe Völker zu hintergehen versuchte, dem setzt sein Weib Hörner auf; der der Welt Gesetze geben wollte, hat vielleicht in seinem eignen Hause mit Knecht und Magd zu zanken, daß sie ihm gehorchen.

Die

# Die Klöster.

A. **Halt, Jäger!**

B. Was begehren Sie?

A. Etwas neues?

B. Nichts neues, als das gewöhnliche „kein Geld!. böse Zeit!"

A. Und doch könnten wir keines Dinges so leicht entbehren, als des Geldes, wenn wir klug wären.

B. Wie? ist das Geld nicht nervus rerum?

A. Wir hätten sein leicht gnug, wenn wir nicht selbst Nervenlos wären. Man klagt über Geldmangel und verthut, was man hat; und unternimmt mehr, als man kann. Wo geht die Reise hin, Freund?

B. Zu meinen Klosterbrüdern?

A. Wie? hat das Kloster noch Mönche?

B. Mönche nicht; aber Hunde, die wir da füttern.

A. Das

A. Das ziemte sich eben nicht.

B. Eho! Sollten denn jene Schlafratzen, jene Bauchpfaffen und Metzenjäger wieder einziehen, mit ihrer Theater-Messe?

A. Und da ihr sie vertriebt, kamen Hunde an die Stelle? Das Kloster ward der Jagd, dem Vogelfänge gewidmet; und nicht einem bessern Gottesdienst, der Erziehung der Jugend, der Beihülfe des Armen?

B. Für dies alles ist anderswo reichlich gesorgt; den Ueberschuß des Erlangten wenden wir billig an Ergötzlichkeiten.

A. Glaubt ihr aber wohl, daß jene religiösen Stifter der Klöster oder die Gönner und Bereicherer derselben je etwas zu Hofergötzlichkeiten, zu Hofgelagen haben widmen und vermachen wollen?

B. Wah! So sind Sie der Einzige, der nicht weiß, daß man damals Einfältige hintergangen habe, und daß jetzt die Landesherren mit Recht zurückfodern, was damals ihren Unterthänen durch Betrug entrissen ward.

A. Ge-

A. Gesetzt, sie könnten das mit Recht. Was kommt denn nun aber an die Unterthanen zurück? Was geht den Nachkommen jener einfältigen Stifter zu gut, wenn dies alles wieder in fremde Hand kommt, und von diesen Fremden verthan, gar aus dem Vaterlande geschafft wird? indeß sie, die Nachkommen der Stifter und Erblaßer darben, die Armen des Kloster-Almosens entbehren müßen, und man an die Jugend, die um jene verfallene wüste Trümmer unerzogen umherläuft, gar nicht denket. Was der Religion geweiht war, wird irreligiös verzehret. Wahrlich daraus kann nichts folgen als Unsegen, der Unterthanen Armuth und jener Vorwurf der Gegner, daß wir das Kirchengut schändlich mißbrauchen; ein Vorwurf, dem wir nichts entgegen setzen mögen, als Worte oder gegenseitige Vorwürfe, wodurch wir aber den Mißbrauch mehr hinwegspotten, als widerlegen. Widerlegt würde er nur durch eine heilige und religiöse Verwaltung heiliger und religiöser Vermächtnisse und Gelübde.

B. So

B. So lang' unsre Geistliche nicht darben, der Religion und den Wissenschaften nichts abgeht, und die Bettler Dach finden, was braucht es weiterer Untersuchung, wohin das Andre verwandt wird?

A. Wenn aber in so Manchem Kirche, Arme, Schulen und die Menschheit selbst leidet; wenn diese dessen wirklich bedörfen, was ihr ist, und was du hier den Hunden vorwirfst, andre den Säuen und Kälbern vorsetzen, den Priestern der Göttinn Volupia, Stimula, Rumina, Edulia, Potina, Bellona, die es in ihre Kehle schlucken, in den Bauch stopfen. —

B. Mein Amt ists nicht, die Evangelischen zu lehren, wie sie den Papisten Rechnung ablegen sollen.

A. Was das betrift, würden manche Falsch-Evangelische kurz und gut antworten, was jenem Pabst in den Mund gelegt wird: „die Fabel des Evangeliums ist uns sehr einträglich gewesen."

Gu-

## Gute Menschen.

A. Narren füllen die Welt.

B. Ein stolzes Wort! Es schmeckt nach einem stolzen Philosophen.

A. Kannst du es läugnen?

B. Gemäßigter würde ich mit Plato sagen: „sehr gute und äußerst schlechte Menschen giebts wenig; die meisten sind von der Mittelgattung.„

A. Warum denn stürzt das Volk immer zur Thorheit hin? und stellt die größte Thorheit gemeiniglich mit dem zahlreichsten Beifall vest?

B. Weil es böse Lehrer und Führer hat, die durch ihre geschwätzige List seines einfältigen Leichtglaubens, seiner offenherzigen Bereitwilligkeit mißbrauchen.

A. Da irrest du dich. Könnte man sie führen wohin man wollte, so würden sie gewiß auch häufiger zur Tugenden und zur Frömmigkeit geführt werden, so oft ihnen gute Lehrer werden.

K                    B. Was

B. Was alles man vom Volk erlangen kann, mein Freund, das, dünkt mich, kannst du sehen, wenn du den Luxus der Höfe, den Schmuck der Kirchen, die Musse unsrer Akademieen, die Arbeiten unsrer Feldlager, die Regeln der Orden, insonderheit aber die häufigen Abgaben und Plackereien betrachtest, mit denen man es schert und schindet.

Ueberdas ist das Volk nicht sogar unweise, daß es nicht das Beßere einsehen sollte, wenn dies Beßere ihm nur gezeigt und an die Stelle des Schlechtern gesetzt wird.

A. Als wenn du nicht wüßtest, mit welcher Mühe, mit welchen Bitten das alles vom Volk errungen sei!

B. Mit Mühe? mit Bitten? Durch eine geschminkte Beredsamkeit, durch eine verstellte Heiligkeit, endlich durch vorgemahlte Gewalt, oder durch heuchlerische Tyrannei. Glaube mir, es gehört nicht viel dazu, dem armen Volk Schweiß und Blut abzubetteln, wenn man nur

was

was Honettes vorgiebt.  So gutherzig sind die Menschen!

A. Es scheint, du kennst ihre Härte und Rauhigkeit nicht.

B. Ich sehe nur auf die gegenwärtigsten Exempel.  Was hat die Wiedertäufer so schnell und bald, biegsamer, in der Religion erfahrner, im Leben sittlicher gemacht, als eine beßere politische Einrichtung?

A. Ja, eine schwärmerische Religion kann das.

B. Und unsre wahrere Religion sollte es nicht können? sollte nicht soviel vermögen, daß Trunkenheit, Lästerungen, Raub, Zank, Proceße, Duelle verhindert oder gemindert würden?

A. Nun, diese wiedertäuferische Heiligkeit gehabe sich wohl!

B. Gehabe sich denn auch wohl Jedes unsrer schrecklichen Laster, mit denen wir alle bedeckt sind vom Kleinsten bis zum Größten, vom Profanen bis zum Religiosen.  Denn würden wir die-

K 2

sen

sen Lastern nicht mit so viel Gemächlichkeit nach=
sehn, indeß wir die Pfennige des Volks fleißig
einsammlen und verzehren; es würde uns an Mit=
teln, unsre Verfassung und Kirche zu beßern nicht
fehlen; da anjetzt jeder, der den Namen Andacht
nur nennet oder am Staat etwas auszusetzen wa=
get, flugs Wiedertäufer oder Ketzer heißt. So
freigebig sind unsre Lehrer in Namen!

A. So wirst du auch wohl das Papstthum uns
wieder zuführen wollen und eine Schätzung der
Sünden?

B. Lieber das Christenthum, und eine Flucht
schändlicher Laster.

A. Wenn nur Das Christenthum seyn soll,
so kenne ich kaum Christen.

B. Dann muß man sie anderswo suchen.
Mir scheint Christi Reich nicht so enge, daß es
innerhalb unsrer Licenz zu sündigen seine
Grenzen finden müßte.

Die

# Die Fabeln.

A. Oft pflege ich mit den Geschichtschreibern zu zürnen, daß sie die fabelhaftesten Dinge wie wahre erzählen, gleich als ob die Nachwelt gar kein Urtheil haben würde.

B. So groß manchmal ihre Schuld seyn mag, so glaube ich doch, daß wir vieles für Fabel halten, das ehedem die strengste Wahrheit war. Denn wer nur etwas genau erwägt, wie dunkel manche Zeiten, wie Sittenlos und grausam andere waren, und solche sodann mit glücklichern Jahrhunderten vergleicht, der kann beinahe nicht gnug erstaunen.

A. Wer indessen wird glauben, daß die Vernunft des ganzen menschlichen Geschlechts irgend je so ganz und gar auf Abwege habe gerathen können, daß die Wahrheit nirgend zu finden gewesen wäre, daß allenthalben die ungereimtesten Meinungen ihren Platz einnahmen und man sich

K 3

unter

unter der schändlichsten Herrschaft der Irrthümer beruhigt fand.

B. Darüber siehe nur das Papstthum an. Auf welche Possen und Ungereimtheiten war es gegründet, und demohngeachtet stieg es zu einer Größe, zu einer so hohen fast unüberwindlichen Macht, daß es auch jetzt noch, nachdem es gnug‐sam beleuchtet worden, zu schaden und an sich zu ziehen nicht nachläßt.

A. Was eine Religion, auch eine falsche, für Macht habe, das haben mich Numa, Maho‐med, und andre gelehrt; dessen aber soll mich niemand überreden, daß auch in jenen Zeiten gar niemand gewesen wäre, der sich diesen Betrügern entgegengestellt, und ihre falschen Ränke berge‐stalt entdeckt hätte, daß die Gescheuteren wenig‐stens sich nicht betrügen lassen konnten. Davon schweigen indeß die Geschichtschreiber, als ob sie gedungen wären, nur Falsches auf die Nachwelt zu bringen, und die Einfältigen mit dem Wahn des Alterthums zu benebeln.

B. Du

B. Du irrst, wenn du das von allen glaubest. Denn, mögen einige solche Fortpflanzer des Irrthums gewesen seyn: so ist doch allenthalben die unendliche Schwachheit der menschlichen Natur so sichtbar, daß viele von ihnen sie nicht nur nicht verheelt, sondern offenbar gezeigt haben. Dies könnte uns zur Sicherheit gnug seyn, wenn wir nicht weit begieriger auf Absurditäten, als auf Vernunft wären.

A. Dörfen wir denn nicht hoffen, daß wir alle einmal, wie in das Schloß der Wahrheit versammlet, einmüthig nur das erwählen, was überall das beste, und verwerfen, was hier, dort und da ungereimt und eine Misgeburt ist?

B. Das wollen wir Gott überlassen. Mir scheint jedes Zeitalter an seinen Lastern und Irrthümern krank zu liegen, die dann freilich dem folgenden Zeitalter ungereimt scheinen; indessen wird die Albernheit nie aus der Welt geschaft, sondern nur verändert.

K 4

A. O

A. O der menschlichen Ungeheuer, von denen die Geschichtbücher voll sind!

B. Ich für mein Theil, so oft ich in eine Bibliothek trete, kann ich mein Lachen und meine Verwunderung kaum halten, wenn ich so viele Gestalten und Schemata von Misgeburten wahrnehme.

A. Wie? wenn nun jemand die Geschichte und Acta der ganzen Erde besäße? –

B. Ach schweige! Unser einziges, jetziges Jahrhundert thut Dinge, die keine Nachwelt glauben oder begreifen wird.

Die

## Die Reformation.

A.   Freuen sie sich, mein Freund.

B. Ich habe verlernt mich zu freuen.

A. Dies ist aber eine ächte Freude.

B. Auch sie wird mich nicht freuen.

A. Ihr Wunsch, der Wunsch aller Guten ist vor der Thür.

B. Ich wollt', daß er schon hinein wäre. Manche Labung entschlüpft uns zwischen dem Becher und dem Munde.

A. Wissen Sie, die Reformation hat einen Tag angesagt, da sie alle unsre Sachen in Richtigkeit bringen will.

B. Ach der matten Hoffnung, und der gewisseren Furcht!

A. Welcher Furcht?

B. Furcht eines Scherzes, den man nach einem herben, bittern Hohngelächter auf unsre Klagen mit uns treibet.

<table>
<tr><td></td><td>K 5</td><td>A. Sie</td></tr>
</table>

A. Sie sind zu argwöhnisch.

B. Wah! Weißt du nicht, mein Freund, daß solche Versprechungen von Reformation, von Abstellung der Misbräuche das wirksamste Blendwerk zu neuen Erpressungen sind? ein Blendwerk, womit man einfältige Gemüther von einem gerechten Unwillen hinwegtäuscht, und sie zu einer neuen schändlichen Geduld heimschickt.

A. Ei doch! Menschen mit sehenden Augen, die auf eine Verbesserung der Dinge dringen, lassen sich nicht so betrügen.

B. Sehr leicht; wenn es nur mit Pomp, mit einem tragischen Apparat, mit großem Geräusch, und hochtrabenden Worten geschieht. Denn das ist die Krankheit des gemeinen Mannes, daß er mehr den Ohren als den Augen glaubt.

A. Er wird sich doch nicht eher beruhigen, bis das worauf er dringt, vor seinen Augen geschiehet.

B. O du Einfältiger! als ob man nicht eine Kleinigkeit ändern, hie und da etwas umrücken, und zugleich eine allgemeine Reformation verspre-

chen

chen könnte? Schaffe diesen oder jenen kleinen Uns
fug ab, und du hast gnug gethan; du hast, vor der
Hand wenigstens, dir das ungestüme Dringen auf
eine Reformation vom Halse gewiesen. So leicht
ists, Nüsse vorzustreuen und damit den grossen Hau
fen für sich zu haben.

A. Ich weiß nicht, welche ausnehmende Hoffs
nung mir dabei in den Brunnen fällt: denn Sie ers
innern mich an Exempel —

B. Laß uns, mein Freund, die Welt wie sie
ist, tragen, und auf ihre Verbesserung nie hoffen:
denn nie ist sie ärger, als wenn sie Aenderung und
Verbesserung heuchelt. Wenn jemand mit großem
Geräusch eine Wiedergeburt und Erneurung der
Dinge ankündigt: so wollen wir lachen und denken,
daß die Welt Eulen-Natur habe. Je mehr Licht
umher, desto mehr ist sie im Dunkeln.

A. Lebe also wohl, Reformation!

B. Lebe wohl; auf dieser Erde werden wir
dich nimmer sehen.

# Der Tod.

A. Wenn auch die Armuth etwas Gutes hätte, so reicht dies Gute doch nicht an ihr Elend beim letzten Verlassen.

B. Was nennen Sie das letzte Verlassen?

A. Wenn im Kampf zwischen Tod und Leben niemand dem Armen beisteht, der ihn ermuntere, erquicke, der seiner scheidenden Seele Lebe wohl! sage.

B. Wah! keiner hat bessern Beistand im Tode als die Armuth.

A. Das sprechen Sie im Scherz.

B. Auch im Ernst, wenn Sie mich treiben. Denn was verlangt unser Tod mehr, als Leere um uns her, die Entfernung jedes weinerlichen Apparats. Sprechen Sie indessen zuerst für den Tod der Reichen.

A. Ich sage, wie sich die Sache verhält. Ihre Krankheit wird durch Arzneien gelindert,

ihr

ihr Gemüth durch Gespräche erleichtert.    Eine theilnehmende Familie bürgt dem Kranken seinen guten Namen, wohlwollende Prediger die Seligkeit, ein geliebtes Weib seine Grabschrift, prächtige Werke sein Andenken nach dem Tode.    Der Fleiß der Aerzte thut der Natur selbst Gewalt an, fromme Vermächtnisse sichern ihm den obersten Platz im Himmel —

B. Der Arme dagegen bricht durch seine harte gute Natur die Krankheit; sein Gemüth sammlet er durch kunstlose Andacht.    Er freut sich, befreiet zu werden, fühlt seinen Erlöser im Voraus: Zeuge seiner Unschuld ist sein Gewissen; er gehorcht der Natur und eilt, den Reichen dort zu verklagen.

A. Der Reiche hört verschiedene Trostsprüche aus Gottes Wort.

B. Der Arme hat sie in sich und glaubt sie.

A. Der Reiche wird an seine Sünden erinnert.

B. Der

B. Der Arme ist ihrer sich bewußt mit Schmerzen.

A. Der Reiche zieret die Kirche aus.

B. Der Arme ist Gottes Heiligthum selbst.

A. Der Reiche ruhet unter einem Marmor.

B. Der Arme in seiner Mutter Schoos.

A. Der Reiche geht in der Umarmung seiner Freunde von hinnen.

B. In Armen der Engel fliegt der Dürftige empor. Doch wozu die beschwerlichen Gegensätze weiter? Daß nichts untreuer als der Reichthum, nichts getreuer als die Armuth sei, wird im Tode des Menschen am sichtbarsten. Er ist der Punkt, in welchem uns übel=erworbene Güter quälen, viele gehabte Mühe uns ekelt und verdrießt. Die thör= richte Unruhe unsres Lebens beschämt uns: denn vergebens rufen wir jetzt alle jene Hülfe an, auf welche wir uns bisher verließen: jenen Himmel, der vor allen andern auf uns herabsah, günstige Sterne, eine Erde, die uns diente, Wissenschaf= ten, in denen unser Stolz empor flog, Reichthü=

mer,

mer; die wir nach unserm Willen gebrauchten,
Freunde, die unsrer Lust gehorchten, eine Reli=
gion, mit der wir unsre Freiheit zu sündigen deck=
ten, unsern Ruhm, ach den schändlichen Schmeich=
ler! die Philosophie, eine papierne Stärke, die
ganze Natur endlich, die, einzig auf uns er=
picht und auf unsre Gunst stolz, unsern Abgang
durchaus nicht leiden konnte. Wer sollte nicht
lachen, daß wir alsdenn so lächerlich daliegen,
wenn wir zum großen Uebel der Welt, zum un=
ermeßlichen Schaden der Erde dennoch sterben
müssen; und alle unsre Gaben, unsre Vorzüge,
die, wie wir glauben, jeder Rechtschaffene dem
Grabe beneidet, mit uns ins Grab wandern. Wer
wollte dagegen nicht dem Armen Glück wünschen,
der sich der Erde als der, der er ist, entziehet;
eine Handvoll Erde, aber dem Himmel ein hoher
Gast; der Eitelkeit und Ungerechtigkeit hienieden
ein Zeuge, aber ein Erbe des ewigen Reichs, sich
rühmend der Gemeinschaft mit Christo, die er
schon hier anfing.

A. Wenn

A. Wenn Sie so fortfahren, überreden Sie mich fast zur Armuth.

B. Sie ist ein zu großes Geschenk, als das es Ihnen werden sollte. Sie thun, was Sie so gern thun, beim Bette der Reichen sitzen, und unter dem Geruch der Arzneien, dem dunklen Schimmer der Lichter, den Versuchen der Aetzte, dem Zuschrei der Geistlichen, dem Hin- und Herlaufen der Familie, dem Heulen der Anverwandten, dem In-Ohnmacht-fallen der Gemahlin und den Tröstungen an sie von ihren Tröstern, die hinabfahrende Seele des Todten gesegnen.

Er-

## Ermunterung.

A. So oft mir jene guten Männer in die Gedanken kommen, die unter des Papstes Tyrannei mit der emporstrebenden Wahrheit zugleich erstickt wurden, so oft erzürnt meine ganze Seele über die Welt, die keiner Besserung fähig ist.

B. Und doch ist ja im vorigen Jahrhunderte fast die ganze Welt aus dem Schlafe erwacht und zum Lichte der Religion, der Künste, der politischen Cultur zurückgekehret.

A. Man mußte ihr stark genug zurufen, man mußte sie schelten, sie überzeugen! —

B. Ich glaube nicht, daß es damals mit mehr Anstrebung geschehen sei, als vorher; sondern daß alles seine Zeit habe.

A. Die Wahrheit war aber immer dieselbe, Vernunft und Evidenz immer dieselbe. Auch die Menschen halte ich in verschiednen Zeiten nicht so verschieden von einander. Warum erlangten denn



Jene

Jene gegen das Römische Joch, nicht eben das,
was die Zeiten vor uns erlangten?

B. Zuerst mußt du bedenken, daß eine neue
Sorge um Freiheit oder Wahrheit nicht schnell
auf einmal erdacht werde; lange schleicht sie im
Gemüth der Menschen umher, und wagt sodann
durch ein geheimes Murmeln, durch laute und
lautere Klagen einen Ausflug. Endlich läßt sie
sich durch einige kühnere, drohende Worte hören.

A. Ferner.

B. Tritt nun kein gewaltsames Unrecht, keine augenscheinliche Nothwendigkeit dazu; ist keine Hoffnung eines fröhlichen, leichteren Versuchs
im Anglanze; wisse, da sinkt in menschlicher
Weichheit und Fahrleßigkeit auch das Beste wiederum zu Boden.

A. Traurig!

B. Es sei denn, daß ein edler, zugleich sinnreicher Geist aufstehe! Eine wunderbare Hoffnung
ruft sodann auch die Schweigenden auf; und um

so leichter führt sie die Rascheren zu einem lauten Bekenntniß. ·

A. Es ist zu glauben.

B. Und so scheint das, was lange der Wunsch Vieler war, jezt die Ueberredung eines Einzigen.

A. Dem stimme ich bei.

B. Nachher wenn die Parthei zu größerer Stärke heranwächst, treibt sie mit größerer Zuversicht das Ihrige, lehnt sich gegen das Fremde auf; die ersten gemässigten Rathschläge, das erste vorsichtige Institut geht gemeiniglich unter —

A. Nun?

B. Endlich wächst sie zu solcher Größe, daß sie ihrem Urheber selbst zur Last und zur Furcht wird.

A. Offenbar.

B. Nun wirst du urtheilen können, warum auf den ersten Zuruf Luthers die Deutschen so munter und zahlreich aufstanden. Ueberdrüßig waren sie des Römischen Joches, der Römischen Treulosigkeit viel mehr, als der verfinsterten Reli-

gion; drohend standen sie also gegen den Papst
auf.   Noch aber dachten sie nicht an einen Abfall
von ihm,   bis sie,   durch größere Beleidigungen
gereizt,   ihre Ketten zuerst mit Zunge und Feder,
sodann auch schnell mit den Händen zerbrachen.
Endlich als der Haß gegen die Römer mehrere
Häupter emporstreckte,   empfing auch die Kirche
neue Wunden.   Neue Klagen wurden veranlaßt,
denen vielleicht niemand abhelfen kann, als Christus —

A. So wollen wir Christum bitten, daß Er,
der so oft Helden erweckt hat, durch die die christliche Welt gleichsam neu erschaffen ward,   der
Kirche ihren vielleicht letzten Arzt nicht versage.

B. Wünschen, hoffen, erwarten dörfen wir;
vergiß aber nicht, daß nur Vieler Wünsche und
Seufzer so etwas zuwege bringen können und daß
diese die unter einem ausgezeichneten Urheber be-
stimmte Zeit allmählich selbst herbeiführen.

IV. An-

# IV.

## Andenken

an

## einige ältere Deutsche Dichter.

---

## Briefe.

Wenn bei einer Nation das Andenken ihrer alten Dichter verschollen und verklungen ist: so ists wohl bei der Deutschen; die Ursachen davon mag ich nicht herzählen. Um so angenehmer ist mirs, daß Sie mich daran erinnern, und indem Sie eine Nachricht der Merkwürdigkeiten begehren, die mir auf diesem Wege vorgekommen seyn möchten, mich selbst zurück unter die Trümmer führen, die mir in früheren Jahren manche lehrreiche Stunde gewährten. Eins muß ich vor allem sagen: zu einer Geschichte der Deutschen Dichtkunst habe ich nie gesammlet; es hat mir dazu jederzeit entweder an Gelegenheit, oder an Muße und Geduld gefehlet. Ich gebe Ihnen also nichts als Stückwerk, sofern ich darauf traf, oder sofern es auf mich Eindruck machte; und empfehle Ihnen dabei nebst manchen Verzeichnissen und Entwürfen

L 4                    zur

zur Geschichte Deutscher Dichter, die Ihnen bekannt sind, ein unlängst angefangenes Magazin
dieser Gattung,  dem ich einen guten Fortgang
wünsche.  1) Zween Männer wollen hier ausfüh-
ren, was so viele deutsche Gesellschaften nicht aus-
geführt haben;  das Glück hat ihnen geschickte Mitarbeiter zugeführt, deren ich ihnen noch mehrere
wünsche.  Ich werde mich also durchhin sowohl
auf diese Schrift, als auf ältere Sammlungen be-
ziehen, und Ihnen gleichsam nur Winke meiner
Erinnerung geben;  ein Mehreres verlangen Sie
auch nicht.

Daß unsre alten Barden untergegangen sind,
ist bekannt;  ohne Spur sind sie hinweg.  Dörfen
wir indeß aus den ältesten Versuchen, die Deutsche Sprache Vers- oder Reimbar zu machen,
(die uns aus der christlichen Zeitrechnung übrig
sind,) auf das, was vor ihnen war, und ihnen

doch

1) Bragur, ein literarisches Magazin der Deutschen und
Nordischen Vorzeit.  Herausgegeben von Böckh und
Gräter. Bisher 2 Bände, Leipz. 91. 92.

doch hie und da, dann und wann zum Muster
dienen mußte, schließen, so hatte die Poesie uns
srer Barden mit der Poesie der Skalden Aehnlich-
keit, wenigstens im Ton und Gange der kurzen
Verse, die Otfried und seine Nachfolger sich gewiß nicht erfunden haben.   Wenn dieser z. B.
anfängt: 2)

> Ludwig, der schnelle,
> der Weisheitvolle,
> der Ostreich richtet all,
> wie der Franken König soll;
>
> Dem sei immer Heil,
> und Seligkeit gemein; (gemeine Wohlfahrt)
> Gott höh' ihm das Gut,
> erfreu' ihm den Muth.
>
> Denn er ist edler Franke,
> Weiser Gedanken,
> Weiser Reden,
> thut alles mit Ebne. (mit Gleichmuth.)

L 5                              In

*) Schilter, thesaur. antiquitat. Teutonicar. T. 1. P. 1.

In sein selbst Gruft
Ist Herz viel vest,
mannichfalte Güte;
drum ist er den Seinen gemuthe (angenehm.)

Feiner Gedanken
ist derselbe Franke;
so ist derselbe Edeling
der heißet Ludwig. — —

Oder wenn das Siegeslied über die Normänner anhebt: 3)

Einen König weiß ich,
heißet Herr Ludwig,
der gern Gott dienet,
weil ers ihm lohnet. — —

so fallen Ihnen nothwendig die alten Skaldenge=
sänge ein, die wir in der Nordischen Sprache
noch haben. Ungleich dichterischer sind diese;
(ohne Zweifel sind unsre alten Bardenlieder auch
dichterischer gewesen, als die christliche Mönchs=

                                      ver=

3) Schilter, T. II.

versuche es seyn konnten;) der Nachklang jener
tönt aber in diesen noch wieder. Auch im **Lobgesange auf den heiligen Anno**, der von späterer
Zeit ist, kommen diese kleinen Verse Altdeutscher
Kraft und Kürze wieder, sobald sich die Rede belebet: 4).

   O wie die Waffen klungen,

   da die Roße zusammen sprungen,

   Heerhörner tönten,

   Blutbäche strömten u. f.

daß man also diese Versart, die mit den einsylbi-
gen Wurzeln der deutschen Sprache, und dem ein-
sylbigen, biedern Charakter der Nation, ohne
Zweifel auch mit ihrem Gesange, ihren Sitten
und Gebehrden zusammenzustimmen scheint, für
den ächten Nachhall des uralten Deutschen Bar-
dits halten könnte. Die längeren, ich möchte
sagen, ruhigern Sylbenmaaße scheinen viel spä-
ter in die Sprache gekommen zu seyn, theils durch
die Cultur derselben mit dem Fortgange der Sitten,

*) Schilter T. 1. das lezte Stück des Bandes.

ten, insonderheit aber aus fremden, der lateinischen und Provenzalsprache, wie wir bei den Dichtern des schwäbischen Zeitalters sehen werden.
Reine Reime also und eine Scansion nach unsrer
Weise in diesen uralten Gedichten suchen zu wollen, wäre ganz auſſer Stelle und Ort, da wir
Einerseits die damalige Ausſprache vieler dem Otfried noch faſt unschreibbaren Worte nicht wiſſen,
Andrerseits die Poesie der Nordländer, den Skal-
dengesängen zu Folge, auf einem freieren Wege der
Aſſonanz, des Zusammentreffens der Töne einen
rauhen Wohlklang suchte. Damit schließe ich die
Mühe nicht aus, die der Mönch Otfried seinem
eigenen Geſtändniß nach sich gegeben, mit Griechen und Römern im Sylbenmaas zu wetteifern. Er
redet darüber weitläuftig und mit ängſtlichem Zwan-
ge; seine Arbeit selbſt aber zeiget, wie weit er darinn
gekommen und was er geleiſtet.

So viel von den Füßen dieser uralten Vers-
suche; laßen sie uns auch von ihrem Körper und
Geiſt reden.

Die

Die Sprache der Deutschen, wie wir sie in Otfried und seinen Nachfolgern finden, hat Trotz ihrer noch undisciplinirten Härte, die zum Theil von den unversuchten Händen zeigt, die sie bearbeiteten, eine Macht, Fülle und Biegsamkeit, daß wir sie in Manchem beneiden möchten. Viele von Notkers 5) Psalmen sind selbst in der Prose Poesie; und über Otfried wünschte ich eine verständige Grammatik zu dem Gloßarium, das der fleißige Schilter gesammlet. 6) Flexionen hatte die Sprache damals, wie sie der unsterbliche König Friedrich für sein Ohr wünschen mochte; 7) und es ist überhaupt zu bedauren, daß die Oberdeutsche Sprache, insonderheit seit der Reformation, aus Büchern so weit verdränget worden.

Was den Geist betrift, müssen Sie zwar in Mönchen, die zum Wohl der Seele schrieben, zumal in Otfried, der eine Harmonie der Evan-

gel-

5) Schilter, T. I.

6) T. III. Antiq. Teutonic.

7) In seiner bekannten Schrift sur la litteratur Allemande.

gelisten ins Metrum einer ihm ungeläufigen Sprache zusammen zwang, keinen Poetischen Genius
suchen; was aber bei ihm Deutschen Geist,
Begriffe von seiner Sprache, seinem Lande, seiner Nation charakterisiret, ist sehr merkwürdig.
Die Sprache seiner Deutschen lobt er um des
Volks willen:

Sey's nie so gesungen,
mit Regeln bezwungen;
sie hat doch die Rechte,
in schöner Schlechte.   (Simplicität.)

Eil du ihr zu Noth,
daß schön es gelaut';
sie sind gesungen
in edler Zungen.

Seine Deutschen (Franken) setzt er Römern und
Griechen nicht nach:

Sie eignen ihnen zu Nütze
so gleiche Witze;

in

in Feld und in Wald
sind sie ihnen gleich bald.　　(kühn.)

　Reich zur Gnüge,
und auch so kühne,
zu Waffen schnelle,
so sind die Degen alle.

Er rühmt ihr Land, daß es Erz= und Kupferreich
auch bei dem Mayn eisene Stein, auch Silber
bringe, und daß man Gold in seinem Sande le=
se. Von der Nation sagt er:

　Sie sind sehr muthig,
zu vielem Guten,
zu vielem Nutzen;
das ist ihr Witze.

　Sie sind sehr fertig,
sich Feindes zu retten,
Man darfs an sie beginnen,
so haben sie überwunden.

Kein

Kein Volk hat sich entführet,
das je ihr Land berühret,
wo sie nicht aus Güte ihnen
in Nöthen dienen.

Unter den Menschen allen
ihnen alle zufallen.
Kein Volk ist, das beginne
und wieder sie ringe.

Das haben sie gemeinet,
in Waffen erzeiget;
sie lehrten mit Schwerten
und nicht mit Worten.

Kein Volk ist, das trachte
mit ihnen zu fechten,
Nicht Meder und Perser,
noch Nubier —

Er vergleicht sie mit den tapfern Macedoniern,
und findet,

daß im Erdringe,
es keiner beginne,

und nirgend ein Volk ist,
das ihnen gebiete. —

Und schreibt dies alles ihrer Schnelle und Klugheit zu —

den Weisen und Kühnen,
die ihnen eignen zu Gnüge.

Wenn er hiebei auf seinen König Ludwig
kommt, so äußert er sich mit der ganzen Innig-
keit, Treue und Güte, die die Deutsche Nation
ihren Fürsten von jeher erzeigt hat. Ich habe
den Anfang des Gedichts angeführt, und mag
ihm bei Ottfried nicht folgen. Dagegen folge ich
gern dem bessern Siegsliede gegen die Normänner, dessen Anfang ich auch bereits angezo-
gen habe. 8)   Gleich nach dem Anklange desselben wendet sich der Dichter mit herzlicher Theil-
nehmung auf seines Königs Leben:

Kind

8) Außer Schilter T. II. ist es in den Gedichten von Gein-
mingen, den Volksliedern und sonst zu finden.

M

Kind ward er Vaterlos;
das ward ihm sehr bös';
Gott holt' ihn hervor,
ging selbst ihm vor.

Gab ihm tugendliche,
edele Diener,
Stuhl hier in Franken,
deß brauch' er lange.

Der Dichter nimmt Theil daran, wie er mit seinem Bruder Karlomann ohne Trug getheilet, und da das geendet war, wollte Gott ihn versuchen,

ob er Arbeiten
lang' mochte dulden,
ließ Heiden=Männer
über ihn kommen,
daß Frankenmänner
ihnen dienen mußten.

Einige giengen sogleich verlohren, andre wurden verführet; Schmach mußte der leiden, der ihnen mißlebte.

Wer

Wer da ein Räuber war,
der genas;
er nahm seine Veste,
und ward ein Gutmann.  (Edelmann.)

Der war ein Lügner,
der war ein Mörder,
der ein Verräther,
und er gebehrdet sich deß.

König war gerühret,
das Reich war verwirret;
erzürnt war Christus,
und ließ es geschehn.

Da erbarmt' es Gott;
er wußte die Noth.
Er hieß Herr Ludwig
eilig dahin ziehn.

„Ludwig, König mein,
hilf meinen Leuten.
Es haben Normannen
hart sie bezwungen.

M 2                           Da

Da sprach Ludwig:
„Herr, so thu ich.
Tod nicht rette mich beß,
was du mir gebieteſt.„

Da nahm er Gottes Urlaub;
hob die Kundfahn auf
ritt daher mit den Franken
gegen Normannen.

Gotte dankend,
ſein erwartend,
ſprach er: „hieher, o Herr mein!
lang' warten wir dein!„

Dann ſprach er laute,
Ludwig der Gute:
Tröſtet euch Geſellen,
Meine Nothſtallen.   (Nothhelfer.)
Hieher ſandte mich Gott,
thut Ihr mir Rath.
Mein will ich nicht ſparen,
bis ich euch befreie.

Nur

Nun will ich, daß mir folgen
alle Gottesholden.
Beschert ist unsre hiesige Frist,
so lang' es will Christ.
Er wartet unser Gebein,
und hält die Wache droß.
Wer also Gottes Willen
hier munter erfüllet;
kommt er gesund aus,
ich lohn' ihm das;
bleibt er darinnen
ist er Christs Hausgenoß.

Da nahm er Schild und Speer
ritt eilig daher;
wollt wehrhaft sich rächen,
an seinen Widersachern.

Es stund nicht an gar lange,
da fand er die Normannen;
„Gottlob!„ sprach er,
er sah, was er begehrte.



Der

Der König reitet kühn,
sang freies Lied,
und alle zusammen sungen:
„Kyrie Eleison!„

Sang war gesungen,
Schlacht ward begonnen,
Blut schien in Wangen
spielender Franken.
Alle nahmen Rache gleich;
Nicht Einer wie Ludwig.

Schnell und kühn,
das war sein Sinn.
Jenen durchstach er;
diesen durchhieb er.

Gelobt sey Gottes Kraft!
Ludwig ward sieghaft.
Sagt allen Heiligen Dank.
Sein war der Siegskampf.

Sie glauben leicht, daß ich diesen Gesang als ei=
nen ältern Bruder der Preußischen Kriegs=
lie=

lieder nicht gering halte.    Es ist Charakter in ihm; Deutsche Brust, Deutscher Muth, Deutsche Treue; eine Anhänglichkeit der Nation an ihre Regenten, wie sie zu allen Zeiten der Deutschen Natur und auch ihrer Poesie eifrigster Ruhm war. Zu wünschen wäre es, daß alle Fürsten, wie es die popularsten und edelsten thun, dies anerkennten, und sich, wie der König Artasastha von Persien, bei schlaflosen Nächten die Bücher und Geschichten vorlesen ließen, was ihre Völker von Anbeginn für sie gemeinet, gewollt und gethan haben.    Nächstens etwas von einem uralt-Deutschen Pindarischen Liede.



2. „Ein

2.

„Ein Pindar unter Deutschen Mönchen der dun-
kelsten Jahrhunderte?„　　Kein Pindar, aber ein
pindarisches Loblied.　Thun Sie auf| alles Ver-
zicht, was die griechische Sprache, Mythologie
und poëtische Weisheit, vor dem versammleten
Griechenlande, beim Lobe ihrer Helden und jedes
Vaterlandes derselben Glänzendes hatte, und erwarten hier, wie es billig ist, Deutsche Geschichte, Deutsches Lob, Chronik- und Mönchssagen;
bemerken dabei aber den epischen Gang des
Gedichts, (die Seele des pindarischen Liedes:)
so wird Ihnen meine Benennung nicht anmaaſ-
send dünken.　Sie werden am Gebäude des Liedes keinen Tempel des olympischen Jupiters,
sondern in der Zusammenstellung seiner Glieder
einen gothischen Bau finden, der indeß auch von
Sinn und Kraft seines Urhebers zeiget.　Es ist
der Lobgesang auf den heiligen Anno,
Erzbischof von Kölln, den Opitz fand und zu finden verdiente. 9)

Wir

9) Schilter T. I. Opitz Gedichte, Bodmers Ausg. S. 179.

Wir hörten vielfach singen
von alten Dingen,
wie schnelle Helden fochten,
wie sie feste Burge brachen,
wie sich liebe Freunde schieden,
wie reiche Könige all zergingen. —
Nun ist Zeit, daß wir denken,
wie wir selbst sollen enden.
Christ, unser Herre gut,
so manche Zeichen er vor uns thut,
als er auf dem Siegberg hat gethan
durch den theuerlichen Mann
den heiligen Bischof Anno —

Bemerken Sie, wie groß der Bischof ange-
kündigt wird, als ein letzter Zeuge und Botschaf-
ter des nahenden Endes der Welt, von dem man sich
damals überzeugt hielt. Schön wäre es, wenn wir
noch jetzt die interessanten Gesänge besäßen, die
dieser Eingang anführt; sie sind aber dahin, und
deßhalb wollen wir auf die wenigen Ueberbleibsel
um so sorgsamer achten.

M 5

Als

Als ein frommer Gesang kündigt sich also dies Lied an, und holet weit aus:

In der Welt Anbeginne,
da Licht war und Stimme, (das schaffende Wort)
da die heilige Gotteshand
die weisen Werke schuf so mannichfalt:
da theilte Gott sie all' in zwei;
diese Welt ist das Eine Theil,
das andre ist geistig.
Da mengete die weise Gotteslist
von den Zweien Ein Werk, das der Mensch ist,
der beides ist, Körper und Geist;
dannenher ist Er nach den Engeln allermeist.
Alles Geschöpf ist an den Menschen,
wir sollen ihn zur dritten Welt zählen;
in solchen Ehren ist geschaffen Adam,
hätt' er sie sich erhalten!

Der Mensch wird verführet, und Gott wird gewahr, daß, da alle seine andre Werke recht gehen, der Mensch ausschweife:

Der

Der Mond und die Sonne
sie geben ihr Licht mit Wonne;
Die Sterne behalten ihre Fahrt,
sie geben Frost und Hitze stark.
Das Feuer hat aufwärts seinen Zug,
Donner und Wind ihren Flug;
Die Wolken tragen den Regenguß,
Nieder wenden Wasser ihren Fluß.
Mit Blumen zieret sich das Land,
Mit Laube decket sich der Wald,
Das Wild hat seinen Gang,
schön ist der Vogelsang.
Ein jeglich Ding die Art noch hat,
die ihm Gott zuerst vergab;
wären nicht die zwei Geschöpfe,
die er geschuf, die besten;
die verkehrten sich in Tollheit,
dannen erhub sich das Leid.


Fünf Welten fahren zur Hölle, bis Gott seinen Sohn sandte, der als Befreier der Menschen
ebel

edel und sieghaft eingeführt wird; der Schluß davon ist:

> in der Taufe wurden wir Christusmann.
> Den Herren sollen wir lieben.

— Christus erhebt die Kreuzesfahne, und sendet seine zwölf Boten in die Länder:

> Vom Himmel gab er ihnen die Kraft,
> Daß sie überwunden die Heidenschaft,
> Rom überwand Petrus,
> Die Griechen der weise Paullus,
> St. Andreas in Patras u. s. f.

bis auf den heiligen Johannes, der süß predigen konnte, und aus dessen Grabe noch Himmelbrot wächset; ja bis auf alle Märtirer,

> die mit ihrem heiligen Blute
> erfüllten Christus Gemüthe;
> Mit Arbeiten kamen sie zu ihrem Herren,
> nun hat er sie mit Ehren.

So

So kommt der Gesang auf die Bekehrung der
Franken, insonderheit Köllns, wo eine Menge
Heiliger von St. Mauritius Heer rasten,

auch die eilftausend Mägde,
durch Christus Lieb' erschlagene,
manche Bischöfe so herrlich,
und zeichenhaftig,
als die Mähr' ist von St. Annen,
deß loben wir Christ mit Gesange.

Zu Kölln ward er geweihet Bischof,
deß soll die Stadt loben Gott!
daß in der schönsten Burge,
die in der Deutschen Lande je wurde,
Richter war der frommste Mann,
der je zum Rheine kam;
dazu, daß die Stadt desto heerer gedieh,
wenn ein so weiser Herr sie erleuchtete,
und daß seine Tugend so heller wäre,
der einer so herrlichen Stadt pflegete.
Kölln ist der heeresten Burge Eine,
St. Anno bracht' ihr Wohlfahrt heim.

Jetzt

Jetzt gehet er pindarisch zum Anbeginn der
Burg zurück, kommt bis auf Ninus, Semiramis.
Die Bilder der vier Monarchieen aus Daniel wer-
den prächtig aufgeführet, und bei dem dritten
Thierbilde Alexanders Feldzug nach Indien roman-
tisch beschrieben. Mit vier Heeren fuhr er aus,

> bis er der Welt Ende
> an den goldnen Säulen erkannte;
> In Indien er die Wüste durchbrach,
> mit zweien Bäumen er sich besprach;
> mit zweien Greifen
> fuhr er in Lüften.
> In einem Glase ließ er sich in die See —

Seine ungetreuen Männer werfen die Ketten weit
hinaus, und rufen ihm zu:

> willt du sehen Wunder,
> so wälz' dich am Grunde.

Er sieht fürchterliche Ungeheuer: die Woge führt
ihn weit fort,

bis

bis er mit einem Blute

das scharfe Meer grüßte;

als die Flut das Blut empfand,

warf sie den Helden ans Land.

So kam er wieder in seine Reiche;

wohl empfingen ihn die Griechen.

Manches Wunders vergnügte sich derselbe

Mann,

Drei Theile der Welt er ihm gewann. —

Das erzählte Abentheuer ist keine leere Ausschweifung: denn es hat Bezug auf ähnliche Schicksale des St. Anno.

Bei dem vierten Thierbilde, den Römern, eilt der Gesang zu Cäsar und zu den Deutschen, die dieser Held in mehr als Einem Jahr nicht bezwingen konnte und zuletzt mit Bedinge gewann. Hier kömmt der Dichter auf das Lob der Völker Deutschlands, der Schwaben, Bayern, Sachsen, Thüringer, und zuletzt seiner Trojanischen Franken. Die Ordnung zu einander ist mit Verstande

ge-

gedacht und mit den Fabeln des Ursprungs dieser Völker, die damals für Wahrheit galten, sinnreich bekleidet. Wäre für Deutsche eine patronymische Mythologie in den mittleren Zeiten zu gewinnen gewesen; so wäre sie auf diesem, obwohl ganz falschen und fabelhaften Wege gewonnen. Da dies nicht seyn konnte, so mag jede Provinz wenigstens ihre alten Lobsprüche hören. Die Schwaben,

> ein Volk, zu Rathe gut,
> Redfertig gnug,
> die sich deß fest vornahmen,
> daß sie gute Helden wären,
> wohl fertig und krieghaft;
> doch bezwang Cäsar all ihre Kraft.

Den Bayern lobet er ihr Bayerisch Schwert, (Noricus ensis) das durch den Helm schlug; er lobt ihren Helm und Harnisch, und leitet sie aus Armenien ab, wo auf den Bergen Ararat die Arche noch zu sehen seyn soll.

Man

Man sagt, daß auf den Gipfeln
noch seyn, die Deutsch sprechen,
gegen Indien so fern!
Bayern waren immer zum Kriege gern;
den Sieg, den Cäsar an ihnen gewann,
mit Blut mußt' er ihn gelten.
    Der Sachsen Wankelmuth
that ihm Leides gnug.
So er sie wähnt all' überwunden zu haben,
so waren sie aber gegen ihn —
Sie, meint der Dichter, seyn in Alexanders
Heer gewesen, mit Schiffsmengen nieder zur
Elbe gekommen,
da die Thüringer saßen,
die wider sie sich vermaaßen.
Bei den Thüringern die Sitte war,
daß große Messer sie hießen Saß,
deren die fremden Krieger viele trugen,
damit sie die Thüringer schlugen.
Mit Untreu sie ihnen sprachen,
da sie Fried' gelobet hatten;

N

von

von den Messern groß
wurden sie geheißen Saß.
Und wie sie auch ihre Ding' anfingen;
den Römern mußten sie dienen.

Seine Franken endlich leitet er von Troja her;
mithin werden sie Verwandte der Römer. Wie
Aeneas in Welschland, so hat Franko in Deutsch=
land sich angebauet; Lützelburg ist die kleine Troja,
und Xanthen nennet sich vom Flusse Xanthus. Alle
diese überwundenen Deutschen Nationen folgen
ihrem Bundsverwandten Cäsar Rom entgegen:

Wer mochte zählen die Menge,
die Cäsar'n eilten entgegen;
von Osten allenthalben,
als der Schnee fällt auf den Alpen,
mit Schaaren und Völkern,
als der Hagel fährt von den Wolken.
Da ward die hehreste Volksschlacht
die in diesem Mähregarten, (berühmten Lande)
je gerühmt ward.

O wie

O wie die Waffen klungen,
da die Rosse zusammen sprungen!
Heerhorne tönten,
Blutbäche strömten;
die Erde drunten spaltete,
die Höll' entgegen schimmerte;
da die hehresten der Erde
sich suchten mit Schwertern.
Da erlag dann manche breite Schaar,
mit Blute beronnen gar;
da mochte man sehn dräuen,
durch Helme zerhauen,
manchen Pompejus-Mann,
da Cäsar den Sieg nahm.


Cäsar erfreuet sich des Sieges, geht an der Spitze
des Heeres nach Rom; die Römer holen ihn ein
in ihre Stadt, fangen ein neu Regiment an:
Cäsar läßt die neue Regierungsart auch den Deutschen Nationen anpreisen, damit sie ihrem Reich
einen neuen Glanz verschafften. Er thut zu Rom

                                    die

die Schatzkammer auf, und beschenkt seine Ge-
treuen mit Goldstücken, Kleidern und Mänteln.

Seitdem waren Deutsche Mann
zu Rom lieb und werthsam.

Augustus folgt ihm; der läßt durch Agrippa Kölln
bauen; Worms, Speier, Metz, Trier werden
allesamt mit Ehren genannt; und da jetzt alles
aus der Geschichte und Fabel vorbereitet ist, den
St. Anno durch Lobgesang zu ehren, so wird der
Gesang eigentlich christlich. Unter August wird
der Heiland der Welt gebohren; zu Rom erscheinen heilige Gotteszeichen:

Aus der Erden ein lautres Oel entsprang,
schön rann es über's Land;
um die Sonn' ein Kreis stund,
also roth als Feur und Blut.

Da begann zu nahen
uns allen die Gnade,
ein neues Königreich;
dem muß die Welt entweichen.

Petrus schickt aus Rom, den Franken zu predigen,
Apostel,  den  Eucharius,  Valerius,  Maternus;
sie werden mit Thaten und Wundern hergenannt;
drei und dreißig Bischöfe sind nach ihnen gewesen
          bis auf St. Anno Gewalt;
          deren sind nun heilig sieben.
          Die scheinen uns vom Himmel,
          wie das Siebengestirn des Nachts thut.
          St. Anno's Licht ist hehr und gut;
          unter den andern ist glänzender sein Schein,
          wie der Hyacinth im goldnen Fingerlein.
              Den viel theuren Mann
          mögen wir nun zum Beispiel haben,
          den sollen als einen Spiegel ansehn,
          die Tugend und Wahrheit wollen pflegen —
So gehet der Gesang in seine Lebensgeschichte.
          Wie die Sonne in den Lüften,
          die zwischen Erb' und Himmel geht,
          beiden Hälften scheinet:
          so ging der Bischof Anno
          vor Gott und vor Menschen.

N 3Im

Im Reichspallaſt ſeine Tugend ſolche war,
daß ihm das Reich ganz unterſaß;
beim Gottesdienſt in den Gebehrden
war er, als wenn er ein Engel wär'.
Seine Ehr' erhielt' er zu beider Seit,
und ward zu den erſten Herren gezählt.
Seine Güt' erkannte viel und mancher
               Mann;
Vernehmt, wie ſeine Sitten waren gethan.
Offen waren ſeine Worte;
für die Wahrheit er niemand furchte.
Als ein Löwe ſaß er vor den Fürſten,
als ein Lamm ging er unter den Dürft'gen;
den Tummen war er ſcharf,
den Guten war er ſanft;
Waiſen und Wittwen,
die lobeten hoch ſeine Sitten.
Seine Predigten und ſein Ablaß
Niemand konnt ſie thun baß;
Selig ſtund die Köllniſche Welt,
da ſie ſolches Biſchofs war werth.

Wenn

Wenn jedermann des Nachts schlief, stund er auf,
besuchte die Kirchen und Armen mit seiner Gabe,
that Werke der Mildthätigkeit; daß er ein Vater
aller Waisen heißen konnte. Desgleichen stand
es im ganzen Reiche wohl, da er des Gerichts
pflegte und den jungen Heinrich erzog. Auswär-
tige Könige sandten ihm darüber Geschenke, von
denen er zu Gottes Lobe vier Münster erbauete;

 das fünfte ist Siegeberg, seine liebe Stadt,
 darauf steht nun sein Grab.

Jetzt kommen die Widerwärtigkeiten die er er-
duldet.

 Daß nicht die grosse Ehre
 verwirrte seine Seele,
 thät ihm Gott, wie der Goldschmidt thut,
 so er wirken will, eine Spange gut.

Dieser schmelzt das Gold im Feuer, erhebts mit
feiner Arbeit, feinen Dräthen, schleift die Edel-
steine mit mancher Zubereitung;

 so schliff Gott St. Anno
 mit mancher Arbeit.

N 4

Oft

Oft und viel fochten ihn die Landherren an, das
Gott ihm denn immer zu Ehren wandte;

> Viel ihn verriethen,
> die ihn sollten behüten;
> Viel ihn verachteten,
> die Er zu Ehren gebracht.

Zuletzt konnte es niemand vermeiden; er wurde zu
Kölln mit Waffen aus der Stadt vertrieben, wie
David, einst vertrieben ward,

> All' nach des heilgen Christus Bild;
> das sandt' ihm Gott vom Himmel.

Unter dem vierten Heinrich geräth das ganze
Reich in Verwirrung:

> Mord, Raub und Brand
> verheerten Kirchen und Land;
> von Dännemark bis in Apulien,
> von Kerlingen bis in Ungarn.
> Denen niemand mochte widerstehn,
> wenn sie mit Treue wollten beisammen gehn,
> die stifteten jetzt Heerzüge groß
> wider Neffen und Hausgenoß.

Das

Das Reich kehrt seine Waffen
in seine eigne Adern;
mit siegehafter Faust
überwand es sich selbst,
daß die getauften Leichnam'
dahin geworfen lagen
zum Aase den bellenden,
den grauen Waldhunden.
Da das nicht gelang St. Anno zu söhnen,
verdroß es ihn länger zu leben.

Jetzt kommen die Offenbahrungen, die ihm
geschehen sind; der Lobgesang hebt sich: denn
er nähert sich Anno's Tode.   Auf einer Raise im
Thüringer Lande thut sich ihm der Himmel schön
auf; er sieht die göttliche Wonne, die er nicht
verkünden darf einem weltlichen Mann; er sieht,
was zukünftig geschehen soll, und wird darüber so
bestürzt, daß

von dannen an er begonnte zu siechen.
Eines Nachts dünkt ihn, er trete in einen könig-
lichen Saal;  er sieht wundersame Thronstühle,

N 5

wie

wie im Himmel seyn sollen, allenthalben behan=
gen mit Golde:

> Die vielen theuren Steine leuchteten da
> überall,
> Sang und Wonne war da groß und man=
> nichfalt;
> Da saßen der Bischöfe manche,
> sie schienen zusammen wie Sterne.
> Der Bischof Bardo war ihr Einer,
> St. Heribert glänzt als ein Edelstein;
> Andere Herren genug,
> und war ein Leben und ein Muth! —
> Da stund ein Stuhl ledig und prächtig;
> St. Anno ward deß hoch erfreut.
> Der Stuhl stand ihm zu Ehren da;
> nun lobt' er Gott, da er es sah.
> O wie gern hätt' er da gesessen!
> den lieben Stuhl, wie gern erfaßt!
> aber das wollten ihm nicht erlauben die
> Fürsten,
> eines Fleckens wegen vor seiner Brust.

Auf

Auf stand der Herren Einer, hieß Arnold,
zu Worms war er vormalen Bischof;
St. Annon nahm er bei der Hand,
sie giengen da besonders.

Er sprach: tröst' dich Gottes Treu!
Dieser Flecke wird dir weggethan.
Bereit ist dir der ewge Stuhl,
und das in kurzen Stunden;
Dann bist du diesen Herren willkommen,
Jetzt magst du unter ihnen nicht bleiben.
Wie lauter der soll seyn, den sie wollen leiden,
hat Christus dir in diesem Gesicht gezeiget.
O was wartet auf dich für Ehr und Gnade!„

Hart ging es ihm zu Herzen,
daß er wieder kehren sollte zur Erde.
Wärs nicht mit ihm zur Stunde so bewandt;
um alle Welt hätt' er nicht geräumet das
                    Paradiesesland.
Solch' ist die himmlische Wonne,
an die wir denken sollen Alt und Junge.

Von

Von dem Schlafe der Herr da aufſtund,
wohl wußt' er, was er ſollte thun.
Er gab den Köllnern wieder ſeine Huld;
wie groß auch, daß er ſie haßte, war ihre
Schuld.

Von dieſem Flecken? iſt er nun gereinigt und er
nahet ſich Gottes Lohne. Noch wird er kaſteiet
wie Hiob von Haupt zu Füßen und hart betäubt;
ſo ſchied die theure Seele
von dieſem ſiechen Leibe,
von menſchlichem Jammer
ins ewge Paradies.
Das Fleiſch empfing die Erde,
der Geiſt fuhr auf zur Höhe.

Als er zu Gottes Antlitz kam
zu ewigen Gnaden,
thät noch ſein edler Muth
wie der Adler ſeinen Jungen thut,
wenn er ſie lehren will ausfliegen.
Er ſchwebet über ihnen in voller Zierz
Er ſchwingt ſich auf zur Höhe,

das

das sehn die Jungen gerne.
So wollt' er uns auch führen,
wohin wir ihm sollten folgen;
Er zeiget uns hienieden,
welch Leben sei im Himmel.
Am Grabe, da sie wollten todt ihn haben,
Da wirkt' er schöne Zeichen;
die Siechen und Gekrümmten
die wurden da gesund.

Mit ausführlicher Pracht wird Ein Wunder, das St. Anno an einem Blinden bewirkt, her erzählt, dies an die größesten, prächtigsten Wunder Moses geschlossen und mit einem sehr treffenden edeln Lobe der göttlichen Güte geendigt.

Was sagen Sie zu diesem Gedichte? Zu seiner Composition, zu seiner Würde, zu seinem Umfange, zu Zusammenleitung seiner Theile, zu seiner moralischen Schönheit, endlich zur Blume seines Vortrages? Hätte jeder Heilige einen solchen Lobredner, jedes Kloster einen solchen Dichter gezogen; wie reich wären wir! wie gern wollten

ten wir diese Heiligen ehren! Lesen Sie jetzt das
Gedicht im Schilter oder lieber in Bodmers
Opitz, und suchen das Ganze, (wie schwer es
auch würde,) in Eins zu fassen! es ist wie eine
ungeheure Gothische Kirche im schönsten Styl
dieses Geschmacks.  Nur St. Anno's Leben und
die Geschichte seiner Zeit müssen Sie dazu lesen;
unglaublich ists, wie der Dichter von Allem die
würdigste Seite zeigt und gleichsam die schönste
Blume gepflückt hat.  10)  Nächstens eröfnet sich
uns ein neues Feld der Zeiten.

10) Eben lese ich im Bragur, Th. 2. S. 440. daß eine
Uebersetzung dieses Liedes mit historischen Anmerkungen
von Herrn Prof. Hegewisch in Eggers Deutschen Magazin. (1791. May) zu finden.  Der eben genannte würdige Mann hat uns vom Erzbischof Anno bereits einige
Nachrichten übersetzt, in seinen Charakterzügen der
Deutschen.

Dritt

### 3.

Sie werden bemerkt haben, daß im Lobgesange
auf den St. Anno schon eine biegsamere Sprache
herrschte, als bei Ottfried oder dem Siegssänger
gegen die Normannen zu finden seyn konnte. Wie
wenn ich sie auf einmal in den Garten der feins
sten Zucht und Sitte, der Ehre und Liebe eins
führe, wo jede Blume in der ättigsten Sprache
genannnt und gepriesen wird?

Ich grüße mit Gesange die süße,

die ich vermeiden nicht will, noch mag.

Da ich sie von Munde selbst konnte grüßen,

ach leider, deß ist mancher Tag! —

Wer nun dies Lied singe vor ihr,

der ich so gar unsanftiglich entbehre;

Es sei Weib oder Mann, der habe sie ge

grüßet von mir.

Sie sehen, ich rede von den Dichtern des schwäbischen Zeitalters, und zürne auf mich selbst, daß
ich auch diese erste Strophe eines Gesanges Kaiser
Hein:

Heinrichs des siebenden der Lieblichkeit ihres
Dialekts entraubt habe. Sie soll auch die einzige
seyn: denn man muß diese Poesien nothwendig
in ihrer Mundart selbst lesen. Jeden harten Buchstaben oder Vocal, den man aus unsrer rauheren
Sprache einschaltet, jedes sanfte Bindewort, das
man ausläßt, weil es uns ungeläufig ist, jede
Regel der Grammatik und Construction, die man
verändert, tödtet eine Grazie des Dichters. Bodmer hatte Recht, daß er diese Sprache so hoch
pries, und Umbildungen dieser Gedichte nicht
versuchte; sie sind äußerst schwer, ja fast unmöglich, es sei denn, daß man sie blos des Verständ-
nisses wegen in Prose gebe. Sie kennen das schöne Lied König Konrads, (Vaters des unglücklichen Konradin:)

> Ich freue mich mancher Blumen roth,
> die uns der Meye bringen will u. f.

Sie kennen den ungemein schönen Klagegesang
des Herzogs Heinrich von Breßlau, den uns
Götz in seiner Manier verkürzt gegeben:

als

Ich klage dir, May; ich klage dir, Som:
　　　　merwonne,

Sie kennen ohne Zweifel noch manche, die
Gleim und andre in sehr glücklichen Nach:
bildungen gegeben; das Unmögliche ist aber
unmöglich. Lesen Sie die Gedichte selbst und gewöh:
nen sich an die Mundart dieses Zeitalters, oder
vielmehr lassen Sie sich solche von einem zarten
Munde, der sich in den Resten des Dialekts ju:
gendlich gebildet hat, vorlesen; und Sie werden
über die fließende Anmuth und Süßigkeit der al:
ten Deutschen Sprache erstaunen. Noch mehr
werden Sie erstaunen, wenn Sie diesen ganzen
Lorbeer: und Myrthenwald allmählich mit Muße
durchwandeln. Kaiser, Könige und Fürsten,
Fürsten aus allen Gegenden Deutschlands in Böh:
men, Schlesien, Brandenburg, Meißen, Thü:
ringen, Brabant, am Rhein u. f. Edle aus
den berühmtesten Geschlechtern aller Provinzen
Deutschlands und der Schweiz; außer ihnen
Bürger und eine Menge Personen, die auf ei:
O
nen

nen Liederstreit als auf ein Abentheuer ausgingen, kommen darinn vor; die Gewächse ihrer Poesie sind zwar sehr verschieden, bald ansehnliche Stämme, schöne, früchtbare Bäume; bald kleine niedliche Gesträuche, hie und da auch ein verworrenes Gebüsch nicht ohne Unkraut; im Ganzen aber ist und bleibt dies dichterische Zeitalter ein Phänomenon in der Deutschen Geschichte. Wer ist, der es uns erkläre, wie man die Entstehung eines Homers, Oßians, der Skalden erklärt hat? Bodmer hoffte mit seiner Ausgabe der Manessischen Sammlung solcher Dichter einen Commentar darüber aus den Umständen der Geschichte zu veranlassen; 11) dieser Commentar aber ist noch nicht erschienen. Und doch würde ein solches Unternehmen nicht nur das Lesen der Dichter selbst leicht und angenehm machen; sondern auch den lehrreichsten Aufschluß über eine der merkwürdigsten Perioden Deutschlands, ja des menschlichen Verstandes selbst geben.

Denn,

11) Sammlung von Minnesingern aus dem Schwäbischen Zeitalter, Zürich 1758. Vorr. des zweiten Theils.

Denn, m. Fr., warum haben diese merk=
würdigen und großentheils angenehmen Gedichte
in unserm Vaterlande bisher so wenig Wirkung
hervorgebracht, ja selbst so wenig Aufmerksamkeit
erreget? Warum liegt Bodmers Ausgabe in un=
sern Buchläden todt da? Lassen Sie uns, so
manche Ursache wir dazu hätten, nicht blos das
Klaglied über die Unachtsamkeit der Deutschen ge=
gen alles was vaterländisch ist, anstimmen; et=
was dazu möchte immer doch auch in der Art lie=
gen, wie die Sache behandelt ward. Der Ver=
dienstreiche Bodmer gab zuerst Proben dieser Poe=
sie mit einer kleinen Grammatik, einem Gloßa=
rium, und einigen Nachrichten, so weit er sie
damals hatte und haben konnte; 12) er war da=
bei auf einem guten Wege. Bei der ganzen Ma=
nessischen Sammlung ward ihm das Werk zu
schwer; er gab sie ohne Glossarium, ohne erläu=
ternde Anmerkungen, so gar ohne Unterscheidung

O 2

der

_______

12) Proben der alten schwäbischen Poesie des dreizehn=
ten Jahrhunderts, Zürich 1748.

der Lieder heraus, blos und genau wie er sie in der Handschrift fand. 13) Das war nun freilich zu einem leichten, angenehmen und nützlichen Gebrauch dieser Gedichte dem Leser zu viel zuge= muthet, von ihm zu viel erwartet. Die gedrun= gene Menge der Verse von hundert und vierzig Dichtern übertäubte; und es mögen wenige in Deutschland seyn, die das intereßante Buch bis zu Ende gelesen, geschweige studirt und sich nutz= bar gemacht haben. Diesen schreckt die Einför= migkeit, oder, wie er meint, die Trivialität des Inhalts, in dem so viel von Minne und Wei= bern, von May und Sommer, von Zucht und Ehre gesprochen wird, ab; jener kommt mit der Sprache nicht fort: Ein unverständliches Wort hindert ihn am Genuß der ganzen Strophe; ein Dritter, der alles gern an Stelle und Ort be= trachtet, weiß nicht, wohin er diesen oder jenen erwähnten Umstand bringen soll? wer dieser **Wenzel** und **Konrad,** jener **Rudolf** oder **Hein=**

13) Sammlung von Minnesingern, 4. Zürich 1758.

Heinrich sei? er glaubt also, da er diese Gesän=
ge mit der Geschichte nicht verbunden sieht, Stim=
men außer aller Zeit, etwa das Erdmännchen zu
hören,  dem Bodmer in Einem seiner kritischen
Briefe einige Strophen dieser Lieder in den Mund
legt: 14)  Und so bleibt der mit Mühe entdeck=
te Schatz wie begraben.

Ich wüßte eine fügliche Auskunft.  In der
Jenaischen Universitätsbibliothek liegt ein nicht
unbekannter, schätzbarer Codex, von dem Wiede=
burg vor fast vierzig Jahren Nachricht gegeben
15) und zu dessen Ausgabe man neulich Hoffnung
gemacht hat.  Ich kenne ihn ziemlich genau, und
habe mir einen Theil der Gedichte selbst abge=
schrieben; er enthält nicht nur einige völlig neue
Dichter, die in der Manessischen Sammlung
nicht sind, sondern auch von denen in dieser

O 3      Samm=

14) Neue kritische Briefe Zürich 1749. S. 474.

15) Wiedeburgs Nachricht von einigen alten Deutschen
    poetischen Manuscripten in der Jenaischen akademi=
    schen Bibliothek, Jena 1754.

Sammlung vorhandnen neue Stücke, und endlich die schon herausgegebnen (der Manessische Codex ist viel reicher) in einem andern, dem Thü-
ringischen Dialekt. In alle diesem kann er sehr
lehrreich werden. Was herausgegeben ist, darf
nicht wiederholt werden; eine Vergleichung dieser Stücke aber möchte Materialien zu einer Abhandlung über die allmähliche Bildung
der verschiednen Dialekte Deutschlands
geben, die manches aufhellte. Eigentliche Min-
nelieder sind in ihm wenige; die meisten sind mo-
ralisch, lobend oder strafend, satyrisch, geistlich.
Dies führt von selbst auf die Geschichte der
Begebenheiten, Meinungen und Sitten
der Zeit. Viele Lieder haben Melodieen, woran es dem Manessischen Codex fehlte; zum Ver-
ständniß der Sylbenmaaße und des Vers-
baues, überhaupt auch zur Geschichte der Declamation und des Tons der Zeiten sind diese ein
schätzbares Hülfsmittel, gleichsam ein Aufschluß
zur Form der Gedichte. Denn wenn wir unpar-

theis

theiisch reden wollen, so dünkt uns oft doch), wo
das Gedicht nicht eigentliches, muntres Lied ist,
die Minnesinger-Weise langweilig; die Strophe
ziehet sich in langen und kurzen Zeilen für uns
Tonlos und matt dahin, wie sie in späterer Zeit
bei den Meistersängern sich fast unausstehlich
schleppte. Ein Aufschluß, der uns hierüber ein
Tonkünstler gäbe, wäre niemanden unwillkom-
men; und nicht unwillkommner die Untersuchung,
wie diese schleichenden Sylbenmaasse in die Deutsche Sprache gekommen seyn, die ehedem so kurze, rasche Wortschälle liebte. Am willkommen-
sten wäre uns dabei ein erläuternder Commentar
dieser Gedichte aus den Begebenheiten und Sitten des damaligen Zeitalters. Von selbst würde
sich dieser auf Bodmers und Müllers Sammlungen 16) erstrecken müssen; und so würde der
Commentar den Dichtern selbst aufhelfen. Jenes zu gut würde man diese lesen. Nothwendig
käme man dabei der Sprache auch zu Hülfe, wel-

O 4

ches

16) Berlin, 1783. 4.

ches jetzt nach Oberlins Gloßario leichter ist,
als es zu Bodmers Zeit war. Geschähe dieses
durch ein Gloßarium, oder durch Noten, oder
durch eine prosaische Uebersetzung unter dem Text,
wie es dem Herausgeber am Zweckmäßigsten dünkte; auf jede Weise würden diese Gedichte unter-
richtend, angenehm, lesbar und lebendig.

Ohne Zweifel wünschen Sie mit mir, daß
ein so rühmliches Werk bald erscheine. Es falle
aber ja einem verständigen Mann in die Hände,
der uns die Schönheit der alten Deutschen Muse
nicht vordeklamire. Sie ist bescheiden und züchtig; sie will nicht gelobt, aber verstanden, geschätzt und geliebt seyn.

Dabei wollen wir uns alle Hoffnung vergehen
lassen, daß unsre jetzige Deutsche Fürsten, Kaiser, Könige, Herzoge, Grafen und Herren, wie
ihre Vorgänger und Urahnen, Gedichte machen sollen und werden; die Zeit ist vorüber. Gnug,
wenn sie aus diesem Werk die Sinnesart und den
Ruhm

Ruhm ihrer Vorgänger und Urahnen kennen ler=
nen; und dazu könnte für viele der edelsten Ge=
schlechter im obengewünschten Commentar man=
cher Rath geschafft werden.

Mein heutiger Brief liefert Ihnen keine Poe=
sie: denn was hülfe es, aus einem so reichen
Garten ein paar welke, ausgerupfte Blümchen
vorzuzeigen? In einer schönen Sommermuße
müssen Sie den reichen Garten selbst kennen
lernen.

Ueber die langen epischen Gedichte dieses Zeit=
alters werde ich Ihnen gar nichts schreiben.
Die wenigsten habe ich gelesen; es hat mir zu
ihnen Lust und Muße gefehlet. Dem Inhalte
nach möchte ich sie gern, auch wo ihr Stof aus
fremden Sprachen entlehnt ist, in ihrem Deut=
schen Gewande kennen lernen; und ich wünschte,
(denn mein Brief ist einmal auf dem Wege des
Wünschens) daß uns ein Deutscher Treßan,
angenehm und intereßant wie der Französische,

O 5

eine

eine Bibliothek dieſer epiſchen Romane gäbe. Er könnte auf ſeinen glänzenden Franzöſiſchen Vorgänger verweiſen, und nur bemerken, welche neue Geſtalt der fremde romantiſche Stof in Deutſchen Köpfen angenommen habe. Dies möchte eine nicht zahlreiche, aber ſehr unterrichtende Bibliothek der Deutſchen epiſchen Romane werden; worüber ſeit einigen Jahren hie und da in Schriften und Journalen manches Gute bereits verſucht iſt. *) Leben Sie wohl, und erwarten, daß ich Ihnen nächſtens eine Deutſche Epopee nennen und ſie (proh Dii!) dem Homer unmittelbar zur Seite ſetzen werde.

*) Journal von und für Deutſchland, im Deutſchen Muſeum u. ſ. Auch die Deutſche Bibliothek der Romane (Riga bei Hartknoch) hat für dieſe Werke ein eigenes Fach.

#### 4.

Die Deutsche Epopee, die ich Ihnen zu nennen hatte, ist nichts anders als der Ulysses aller Ulysse, **Reineke, der Fuchs**; eine der ersten Compositionen, die ich in irgend einer neueren Sprache kenne.

Ueber eine Sache, die uns lieb ist, mag man gern reden; erlauben Sie also, daß ich hier etwas weit aushole.

**Leßing** hat gezeigt, daß die **Beständheit der Thiercharaktere** Thiere vorzüglich zu handelnden Personen der Fabel empfehle. 17) Er hat auch einen Vorschlag zu fortgesetzten äsopischen Fabeln gethan, und davon Proben gegeben; er wußte aber selbst, daß dergleichen fortgesetzte, ja zu einer größeren Composition zusammengeordnete Fabeln längst da und bei mehreren Völkern beliebt waren. Sie kennen die Indischen Fabeln Bidpai, die **Wilkins** vor einigen Jahren aus der

Ur-

____

17) Abhandlungen hinter seinen Fabeln.

Ursprache bekannt gemacht hat. 18) Diese waren vorher im Persischen, Arabischen, Griechischen und seitdem unter verschiedenen Namen in mehreren Europäischen Sprachen bekannt, und allenthalben mit Recht gepriesen; gegen unsern Reineke Fuchs sind sie indessen nichts als ein zusammengereiheter Rosenkranz, oder vielmehr eine Einschachtelung von Fabeln, da eine in der andern steckt, so daß man zuletzt nicht weiß, wer erzählet? Die Morgenländer gingen auf dieses Kunststück eigentlich aus, und ich mag sie in ihrem Geschmack nicht tadeln; darf aber auch nicht bergen, wie lieber mir Reineke, der Fuchs, sei. Hier ist alles fortgehende Epische Geschichte; nirgend steht die Fabel stille; nirgend wird sie unterbrochen; die Thiercharactere handeln in ihrer Bestimmtheit, mit der angenehmsten Abwechselung fort, und Reineke, der in einem großen Theil des Gedichts, wie Achill, in seinem Schloß Malepartus ruhig sitzet, ist und bleibt doch, das Haupt-

18) The Hitopades of Vishnu-Sarma, Bath, 1787.

Hauptrad, das alles in Bewegung bringt, in Bewegung erhält, und mit seinem unübertreflichen Fuchscharakter dem Ganzen ein immer wachsendes Interesse mittheilet. Man lieset eine Fabel der Welt, aller Berufsarten, Stände, Leidenschaften und Charaktere. Eine Känntniß der Menschen, der Höfe, der Geschlechter, des Laufs der Begebenheiten ist in ihm bemerkbar, daß man beständig vor dem köstlichen Spiegel zu stehen glaubt, von welchem der Fuchs so angenehm lüget; und die Scenen der größesten Gefahr werden natürlich auch die lehrreichsten, die interessantsten Scenen. Alles ist mit Kunst angelegt, ohne im mindesten schwerfällig zu werden; die Leichtigkeit des Fuchscharakters half nicht nur dem Reineke, sondern auch dem Dichter aus; sie half ihm zu sinnreichen Wendungen, in einer Leichtigkeit und Anmuth, die ihn bis zur letzten Zeile begleitet. Ich gestehe, daß dies alles der angenommenen Theorie ziemlich entgegen sei, und daß, wenn man mir von einer Thierfabel, die durch lange

vier

vier Bücher fortgeführt wird, erzählt hätte, man
mich ungläubig würde gefunden haben. In der
Ausführung, je länger der Fuchs schwätzt, und
betrügt, je gelehrter und künstlicher er lüget; desto
angenehmer wird er. Durch unmerkliche Grada-
tionen wurden wir auf alles zubereitet; und die
Geschichte vom Schatz und von den Kleinodien,
die Ihren beiden Majestäten bestimmt waren, ist
vielleicht das Ergötzlichste, das in dieser Gattung
je geschrieben werden konnte. Disputire man von
vernunftmäßiger **Erhöhung der Thier-**
**charaktere,** wie weit sie dem Fabulisten erlaubt
oder versagt sei; das Genie spottet dieser unbe-
stimmten Verbote. Es weiß durch innere Regel,
wie hoch es den Charakter eines Thieres oder
Menschen hie und nicht dort, dort und nicht hie erhöhen könne, erhöhen müsse und dürfe. Diese innere
Regel ist ihm Gesetz, und die Würkung auf uns sein
sicherer Bürge. Die anmuthige Ruhe endlich, die in
diesem ganzen Gedicht herrschet, die Unmoralität,
ja sogar die Schadenfreude des Fuchses, die lei-

der

der zum luſtigen Gange der Welt mitgehöret; ſie machen das Buch zur lehrreichſten Einkleidung eben dadurch, daß ſie es über eine enge, einzelne End-Moral erheben: denn eine Epopee oder Tragödie, die ſich zuletzt in einen einzelnen Satz zuſammenzöge, wäre zuverläßig arm und elend.

Dank alſo dem Heldendichter des Fuchſes, wer er auch ſei; Dank allen, die ſich mit dieſem Buche bemüht haben. Auch Gottſched wollen wir unter dieſen nicht vergeſſen, ſo viel er bei ſeiner Ueberſetzung gefehlt haben möge. 19) Seine Ausgabe hat dies Gedicht wenigſtens bekannt gemacht; die dabei gebrauchten Everdingſchen Kupfer, Baumanns moraliſchen Commentar mit denen in ihm oft vorkommenden Stellen alter Deutſchen Gnomologen hat man auch daneben; und hinten beigefügt iſt die niederdeutſche Urſchrift ſelbſt. Allerdings iſt dieſe von ſonderbarer Süßig-

keit

19) Heinrich von Alkmar Reinete der Fuchs, überſetzt von Gottſched. Leipzig 1752. in 4.

keit und Anmuth; fast ohne gewöhnliche Flickrei-
me fliessen die Verse, wie ein sanfter Strom;
das Lustige, Naive, Poßirliche wird in ihm
siebenfach natürlich und lustig.

Aber, werden Sie sagen, ist dieses Gedicht
denn ein Deutsches Product? ists nicht eine Uebersetzung aus dem Alt französischen, wie sein Verfasser selbst saget? Allerdings. Darauf laße ich mich
aber nicht ein; gnug, wir sind im Besitz, und
kennen bisher kein französisches Original, aus
dem es übersetzt wäre. Welche Nation sich des
Werks anmaaßet, beweise ihre Anmaaßung, nicht
durch Titel des oder jenes Romans, sondern durch
Bekanntmachung des Originals selbst. *) Fän-

be

*) Den von Suhl aus der Lübeckschen Bibliothek heraus-
gegebnen holländischen Reinete kenne ich noch nicht.
Nach denen von Gottsched gegebnen Proben scheinet
er dem Französischen Original näher zu kommen; das
wahre Epische Kunstgedicht bleibet indessen vor der
Hand dennoch das Deutsche, bis das Original
selbst erscheinet.

da sich auch ein solcher Roman (und ich wünschte,
daß man sich um die in dieser Streitsache genannten
Gedichte Mühe gäbe;) so bleibt meines Erach-
tens dem Alkmar oder wer der Verfaßer unsres
Gedichts sei, immer noch sein ganzes Verdienst;
er hat, da er übersetzte, wirklich gedichtet. Da ist
auch keine Lücke, kein Zwang einer Nachahmung
oder eines Erborgten sichtbar; die Scene des Gedichts liegt um den Verfaßer wie seine Welt da;
jede Thierseele, ja der lebendige Lauf der Zeit hat
ihn beseelet. In einem Jahrhundert, da Co-
mines seine Geschichte schrieb, konnte ein andrer wohl auch Reinike den Fuchs schreiben; sie
lebten auf einem Gipfel des Glanzes der Höfe,
so wie auch politischer Ränke und Unterhandlung.
Damals waren diese Dinge viel mehr in sinnlichem
Anblick, als sie es jetzt sind; die Politik hat sich
seitdem immer mehr in die Cabinetter verkrochen,
die Charakter-Beständheit einzelner Stände ist geschwächt, ja hie und da ausgelöscht worden. Zu
unsrer Zeit kann kaum jemand mehr einen Reineke

P

Fuchs

Fuchs mit der anschaulichen Wahrheit schreiben, die in diesem Gedicht durchhin herrschet und lebet. Ein verdienter Jurist hat eine gelehrte und angenehme Abhandlung vom **Nutzen** dieses Gedichts in **Erklärung der Deutschen Reichs**alterthümer, insonderheit des ehemaligen Gerichtswesens geschrieben, 20) die gelesen zu werden verdient; eine **politische Abhand**lung über Reineke aus dem Geist seiner und aller Zeiten macht Jeder sich leicht selbst in Gedanken.

Damit aber bin ich nicht auf der Seite derer, die dem ganzen Gedicht ein einzelnes **historisches Factum**, von dem es nur Einkleidung sei, unterlegen wollen. **Eccard** brachte eine solche Hypothese auf, 21) und neulich hat man sie sogar dahin erneuren wollen, als ob der ganze Reineke nichts als ein Fränkischer Edelmann, ein **Herr von Fuchs oder Voß** gewesen. 22) Wahrlich,

20) Dreyers Nebenstunden, Bützow 1761.

21) Vorrede zu Leibniz collectan. etymolog.

22) Mich dünkt, im Journal von und für Deutschland habe ich die Hypothese gelesen.

lich, das wäre der Rede werth! Nein, mein feiner Reineke treibt seine Wirthschaft im Namen aller Füchse auf Gottes Erde; in ihrer aller Namen hintergeht er, beichtet, verantwortet sich und kommt von der Leiter des Galgens zu hohen Ehren empor.  Sein Schloß Malepartus hat tausend und abermal tausend Namen; so wie Majestäten, Beichtvater, Geheimschreiber, Canzler und Räthe, (eben der von Leßing bewiesenen Charakter=Beständheit wegen) ihre ewige Urbilder haben.  Eine historische Hypothese solcher Art zerstört den Zweck und die Absicht der ganzen poetischen Schöpfung, und ist eben so unnatürlich als unpoetisch.  Wenn alle Herrn von Fuchs und Voß aussterben, stirbt das Geschlecht der Reineke zum Besten der Welt nie aus, und so lange es Löwen, Dächse, Wölfe, Bären, Kater, Böcke, Hasen und Schlangen giebt, wirds den Füchsen wohlgehen, für die Hof und Welt gemacht zu seyn scheinen.



Weil

Weil ich mit meinem Reineke der Zeit
nach etwas vorgeschritten bin; so wollen wir
nächstens einige Schritte zurückgehn. Im Wege sind wir dennoch geblieben.

## 5.

Von jeher hat die Deutsche Poeſie die Moral
geliebet. Gewiß nicht nur, weil ſie ſeit der
chriſtlichen Zeitrechnung von den Klöſtern ausging,
und meiſtens religiöſen Inhalts war; ſondern
wohl auch des biedern Characters und der Rechtlichkeit der Nation wegen. Ein hoher Aufſchwung,
eine zügelloſe Licenz lag weder in der Gemüths-
art, noch in den Gewohnheiten, Sitten und Geſetzen der Deutſchen; ſelbſt das Klima begünſtigte
ſolche nicht, oder es foderte ſie wenigſtens nicht
auf. Wenn man alſo den wärmern Nationen
eine tiefere Empfindung zugeben, mithin auch
manche raſchere Ausſchweifung zu gut halten muß:
ſo haben wir uns dagegen den Weg der goldnen
Mittelmäßigkeit geſichert, und dazu, wie alles, ſo auch unſre Versart eingerichtet. Für
Fabel und Sprüche, die beiden leichteſten Einkleidungen der poetiſchen Moral, iſt die kleine Versart in achtſylbigen Jamben, die den mittleren
Jahrhunderten die gewöhnliche war, gleichſam

P 3

ge-

geschaffen. Beide haben sich ihr auch sehr glücklich, oft mit beneidenswerther Kürze und wenn
ich so sagen darf, mit einer Rechtschaffenheit
eingepräget, daß der ziemlich eintönige Vers gleichsam ein Echo der eintönigstarken Ueberzeugung
zu seyn scheinet. Schon in den Dichtern der
Schwäbischen Zeiten bemerkt man, daß, so viel
Kunst man auch auf die Bildung einer abwechselnden Strophe verwandte, die moralischen Sprüche
die einförmigsten und durch das Wiederkommen
ihrer Schwere gleichsam die prägnantsten werden;
die Anmahnungen des Königes Tyrol an seinen
Sohn, des Winsbeck und der Winsbeckin an ihre
Kinder, (ob sie gleich noch Lyrischer Art sind,) nähern sich schon diesem moralischen Rhythmus.
23) Vortrefliche Stücke, ein Kern der Alt-deut-
schen Treue und Sitten-Erziehung! Im Ma-
neßischen sowohl als Jenaischen Codex kommen
manche Fabeln, oder kleine allegorische Gespräche

J. B.

---

23) Schilter T. II. Bodmers Sammlung der Minnesin-
ger Th. 2. Bragur Th. 1. 2.

z. B. zwischen der Treu und Untreu, der Wahr=
heit und Unwahrheit vor; leichte Einkleidungen,
bei denen es wenig auf Kunst, desto mehr aber
auf gute Meinung und Lehre ankam.    Der alte
Gnomolog, der unter dem Namen Freidank
bekannt ist, brachte die kurze Sentenzen = Versart
noch mehr in Gebrauch.    Er scheint viel gelesen
und auswendig gelernt worden zu seyn; und wahr=
scheinlich wird man bei Zusammenhaltung der
Handschriften an mehreren Orten ihn dort und
hier verändert, vermehrt, verbessert finden, nach=
dem man aus dem Schatz seiner Erfahrung oder
Belesenheit neue Sprüche und Lehren hinzufügte.
Da jetzt verschiedene Gelehrte ihre Aufmerksam=
keit auf diesen alten Sittenlehrer zu richten schei=
nen; 24) so werden wir darüber bald nähere Aus=
kunft haben.    Und sodann sollte dem Freidank
der Renner zugegeben werden, ein schätzbarer
Moralist, nicht nur des Inhalts, sondern auch

P 4

sei=

____

24) Nach verschiednen Notizen im 2. Th. des Bragur.

seiner Diction wegen; ob ich diese freilich bisher
nur aus seiner gedruckten Ausgabe kenne.
Leßings Gedanke, ihn aus Handschriften herauszugeben, unterblieb, wie leider mehrere seiner
guten Gedanken; aber sollte nicht Eschenburg,
der sich um Leßings Nachlaß so sehr verdient gemacht hat und ganz der Mann zu diesem Werk
ist, den Gedanken seines Freundes aufnehmen,
und uns den alten Hugo von Trimberg (etwa
auch nur wie Leßing und Rammler den Logau gaben,) aus Handschriften wiederherstellen? 25)
Sollte unsre Nation der Kindheit so ganz entwach-
sen seyn, daß sie die alte Moral und Fabelunter-
weisung ihrer Väter, mit der glücklichsten Prä-
cision biederherzig ausgedruckt, nicht wenigstens
von den Motten befreit wünschte? „Nachdem alle
„Menschen, sagt Flacius Illyrikus, gern von
„ihren Eltern und Vorfahren viel wissen wollen,

auch)

25) Im Bragur ist bereits der Anfang mit einigen Fabeln
aus der gedruckten Ausgabe gemacht; die Sentenzen
dünken mich das Vorzüglichere in diesem Autor.

„auch alles so bei ihnen gewöhnlich und gebräuch=
„lich, hochhalten; weil auch alle Menschen gern
„etwas, beides von den uralten und von fremden
„Sprachen, wissen: so muß einer je gar ein Stock
„und so zu reden kein rechter Deutscher seyn, der
„nicht auch gern etwas wissen wollte von der alten
„Sprache seiner Vorfahren und Eltern.„  Mich
dünkt, ich sehe eine Zeit nahen, da wir uns mehr
als bisher zu diesem Studium thun, und unsre
Fürsten selbst sich bemühen werden, ihr Volk von
der Nachahmung fremder Sitten und Sprachen
zu ihrer eignen, und zu den Sitten ihrer Vorfah=
ren zurükzulenken. Dann kommt es nur auf fähi=
ge Köpfe und rüstige Kräfte an, der Nation die=
sen Weg angenehm zu machen und sie mit edler
Gewalt darauf fest zu halten. Der Französische
Parnaß ist zerstöret, der Italienische ist lange
dahin, der Brittische trägt mäßige Früchte; laßet
uns unsre eigne Aecker, die Felder unsrer Väter
und Urväter bauen; hier blühet uns Glück! —

P 5                    Doch

Doch wo gerathe ich hin?  Wo Sie mir in=
deß gewiß gern nachgefolgt seyn werden.; ich kom=
me wieder zu meiner Spruch = und Fabel=
poesie der Deutschen.

Boners Fabeln sind bekannt; es haben sich
ihrer nach und nach, zuletzt auf einmal so viel tüchti=
ge und würdige Hände angenommen, Scherz,
Bodmer, Leßing, Oberlin, daß jedem
vergeßenen Dichter der Deutschen ein ähnliches
Schicksal und vom letztgenannten Gelehrten
eine Ausgabe derselben zu wünschen wäre, wie
Leßing sie vorschlug. 26)  Da winkt uns aber
noch ein andrer, meinem Urtheil nach viel schätz=
bärerer Fabeldichter als Boner, es ist Burkard
Waldis. 27)  Zacharia dichtete in seiner Ma=
nier und Eschenburg nahm Gelegenheit, sein An=
denken wenigstens in einigen Proben zu erneuern;
mei=

27) S. Eschenburg über Boners Fabeln, im Bragur,
    Th. 2. S. 387.
26) Esopus, ganz neu gemacht, durch Burkard Waldis,
    Frankf. 1584.

meinem Wunsche nach sollte, mit wenigen Ausnah-
men, der ganze Burkard Waldis neu gedruckt
werden.   Seine Erzählung ist so natürlich und
leicht; er hat eine so schöne Anschauung der Dinge um ihn her; seine Sentenzen, die oft länger
als die Fabeln sind, schütten ein ganzes Füllhorn
von Lehren, Bemerkungen, Sprüchwörtern, Erfahrungen aus, daß er schon als Gnomolog vor
Vielem anderm, was in unsrer Zeit gedruckt wird,
den Druck verdiente.   Manche kleine Seite von
ihm möchte ich lieber geschrieben haben, als große
Geschichten und Lehrgebäude.

Wie wäre es, wenn ich mich sogleich von
Burkard Waldis unterbrechen und ihn diesen meinen trocknen Brief endigen ließe?   Hier ist sein
Buch; und damit ich keine Vorliebe zeige, möge die erste Fabel statt aller dienen.

Der Hahn findet eine Perle, und er erfreuet
sich ihrer:

Er sprach: was thust du, edles Kleinod,
in diesem unfläthigen Koth?

Wenn

Wenn dich ein reicher Kaufmann hätt',
viel großer Ehr' er dir anthät,
und würd' dich halten also hold,
daß er dich fassen ließ in Gold.
Du magst aber nicht nutzen mir;
so kann ich auch nicht helfen dir,
und dir erzeigen ziemend' Ehr;
ein Hand voll Gerst mir lieber wär,
damit ich möcht den Hunger stillen,
der sich nicht läßt mit Perlen füllen.

*     *     *

Die Unverständgen merken beym Hahn:
Kunst, Weisheit zeigt die Perle an.
Ein Narr achtet nicht grosser Kunst;
auch ist die Straf' an ihm umsunst.
Das Bös' den Guten ist nicht gut;
Das Gut' den Bösen Schaden thut.
Das Heilthum (Heiligthum) ist nicht für die
Hund';

Perlen sind Säuen ungesund.
Der Muskat wird die Kuh nicht froh;

Ihr

Ihr schmeckt viel baß grob Haberstroh.

Ein Alter sich zum Alten findt;

Auch mit einander spielen die Kinv. (Kinder.)

Ein Weib geht zu den andern Frauen;

Ein Kranker will den andern beschauen.

Darum sichs in der Welt jetzt hält;

Zu Gleichem Gleich sich gern gesellt.

Welch ein Reichthum an leichten aus einander fliessenden Sprüchen und Lehren!

### 6.

Warum ich von den Meistersängern noch nicht gesprochen? Weil sie mir oft herzliche Langeweile gemacht haben. Sie fangen dicht hinter den Schwäbischen Dichtern an, und es ist nicht zu läugnen, daß ein Theil dieser schon Meistersängerei enthalte; je mehr aber dies Zunftwesen mit der Zeit zunahm, desto unbarmherziger sangen die Meister. Da ihre ganze Kunst auf Weise, d. i. auf Melodie gestellet war, und Tonlose Handwerker hierin wohl nicht viel Gutes erfinden konnten: so wurden in kurzem die Morgenröth- und Abendröthweisen so gedehnt, so langweilig, daß ich mir bei den meisten nur den Tuchmacher, Schneider und Schuster denken kann, der seinen Faden lang und kurz ziehet. Da ist auch kein Seelerhebender Ton, keine Gegenwart der Dinge, kein plötzlicher begeisternder Augenblick, (denn wie konnte der in ihre Zünfte gelangen?) merklich; Christi Geburt und Auferstehung, der heil. Geist und geistlose Schwänke werden zu ei-

nem

nem langen Seil gesponnen, und nach Handwerks-
gebrauch verdrehet. Viele ihrer Melodien sind
zum Einschlafen; die schönste Sage, das niedlich-
ste Mährchen wird ein Handwerkslied, so trödel-
haft, daß es weder Gesellen noch Kinder singen
mögen.

Und sie haben viel Schaden gethan, diese
langweiligen Meistergesänge. Alle Gesangbücher
wurden damit angesteckt: die Flickwörter, Flick-
sylben, jedes Yah der Meister gieng unvermerkt insonderheit in die geistliche Poesie über. Ich weiß
wohl, daß man von dieser Seite die Sache nicht
hat betrachten mögen; meine Behauptung ist aber
wahr und läßt sich aus der Geschichte erweisen.
Die älteste Poesie der Deutschen war kurz, die
Lieder der Kirchenväter kurz und bündig; das
Trödeln kam von den Handwerksstühlen her, und
wie konnts auch anders? Ein Mann ohne Gedanken und Känntnisse soll lange Weisen ausfül-
len! Ein Mann ohne große, geschweige außer-
ordenliche Empfindungen soll neue Weisen erfin-

den

den und lehren!    Nur unter den Deutschen, zumal in den Reichsstädten hat dieser Zunftkram so lange dauern und von da aus sich so weit fortbreiten können: denn der Deutschen Art nach wird alles gern langweilig und zünftig.

Erlauben Sie also, daß ich vom großen Uebel mir das kleinste wähle, mithin auf die geistlichen und weltlichen Schwänke der mehresten Meistersänger Verzicht thue und mich an ihre Grüße und Sprüche halte.

Sie wissen, die Meister sagen einander vor der Lade den Gruß; der Geselle hat seinen Spruch. Solche Grüße und Sprüche hat auch die Meistersängerzunft fleißig gehandhabet. *)

Sprüche einer gewissen Gattung nannte man Priameln, weil zuerst präambulirt wurde, ehe man zum Aufschlusse kam. Ich habe sie anderwärts das Deutsche Epigramm genannt; die Form derselben ist aber sehr alt. In den Sprüchen

*) Eine Sammlung derselben war diesem Briefe beigelegt; sie mag indeß auf einen andern Ort warten.

chen Salomons und im Sirach ist schon der Keim
zu Priameln da, woher ihre Form auch genommen scheinet.  In den Deutschen Zünften ward
diese Form ausgebildet, und wenn ich so sagen
darf, zum Handwerksleisten.  Sie ist in ihrer
Art gewiß nicht verächtlich; man kann viel Scharf-
sinniges in einer vortreflichen Kürze, mit Aufhalt
der Erwartung, darinn sagen, welches allerdings
die Seele des Spruchs zu seyn scheinet.  Ich
wünschte also, daß, wie Leßing und Eschenburg dergleichen bekannt gemacht haben, 28)
noch mehrere aus alten Papieren hervorgezogen
würden;  sie enthalten wirklich, wie Leßing sie
nannte, **Altdeutschen Witz und Verstand.**

Auch will ich mit dem, was gesagt ist, keinem
edleren Meister der Zunft seinen Ruhm absprechen; und **Hans Sachs** bleibt in Deutschland,
vielleicht in Europa, der Meistersänger Meister.
Ju

28) Leßings Beiträge zur Geschichte und Litteratur
Beitr. 5, S. 198. Bragur Th. 2. S. 332.

Q

In seiner schönen Provinzialsprache herrscht eine
so angenehme Naivetät, Deutsche Urbanität, Ruhe und Zünftigkeit der Gedanken, daß ich jedem
Jahrhunderte in seiner Art einen Hans Sachs
wünschte. Es war mir unlieb zu bemerken, daß
die angefangene Auswahl seiner Verse mit Sprach-
erläuterungen von einem seiner geschickten Landsleute und Liebhaber vor einigen Jahren nicht zu
Stande kam; ich hoffe, sie wird dazu kommen,
oder ihr Urheber für sie auf eine andre Art sorgen. 29) Leider erzeigen die Deutschen ihm
nicht die Ehre, die die Engländer ihrem früheren
Chaucer beweisen; 30) und doch hätten wir dazu Ursache. In Ansehung der kurzweiligen Geschichten, die Er, Waldis u. a. haben, wäre es

kein

29) Auswahl Hans-Sächsischer Gedichte von Häßlein,
Nürnberg 1781. Th. 1. Im Bragur hat er nebst
andern auch aus Hans Sachs Beiträge gegeben.

30) Die schöne Ausgabe dieses Dichters mit Tyrwitts
Gloßarium sollte ein Vorbild solcher Ausgaben werden. Ihren Spenser, Buttler u. s. haben die Engländer mit grossen Commentaren und Noten.

kein übles Werk, wenn wir ihrem Ursprunge nachspürten; woher diese nämlich genommen sind? welche ausländische Schriften zu der und jener Zeit in Deutschland gegolten haben? Italiener, Engländer und Franzosen sind in Untersuchungen solcher Art vor uns voran; und zur Geschich-te der Denkart der Nation sind sie unent-behrlich.

Noch ist eine Gattung von Sprüchen in die-ser Zeit merkwürdig, die Bildersprüche, die emblematische Poesie der Deutschen. Von jeher liebte unsre ruhig-sinnliche Nation das Anschauen; und wie sie einst ihre Schilde bemahlte, ihre Wa-pen und Helme emblematisirte: so ließ sie sich Bilder und Embleme auch gern interpretiren. Mochten es gemahlte Fensterscheiben, Holzschnit-te oder Kupferstiche seyn; man legte sie aus und erfand gern etwas, was man auslegen könnte. Dies half der Deutschen Kunst auf; und die alte Poesie gieng langsam und lehrhaft an ihrer Sei-te. Ich wollte, daß wir eine Geschichte dieser

                Deut-

Deutschen Bildersprüche, mit ihren merkwür⸗
digsten Producten hätten; ohne Zweifel haben
mehrere stille Liebhaber dazu gesammlet, und
Meusels nützliche Journale dörften der beste
Versammlungsplatz dazu werden. Wie Holbein
des Erasmus unsterbliche Moria mit seiner
Kunst begleitete: so rüstete Brand sein Narren⸗
schiff in und zu Holzschnitten aus. In den Ue⸗
bersetzungen desselben, sie mochten prosaisch oder
poëtisch seyn, 31) in Kaisersbergs Predigten
u. f. kamen diese wieder zum Anblick. Wie Are⸗
tino seine berühmten Sonnetten zu upzüchtigen
Zeichnungen erfand: so suchte der Deutsche keu⸗
schere Geist sittliche Embleme kurz⸗ oder langwei⸗
lig zu empfehlen; dagegen ihm auch die damals
vortrefliche Deutsche Kunst zu Gebot stand.
Beide haben zu Vorbereitung und Ausbreitung
der Reformation das ihrige tapfer beigetragen, 32)
so

31) Von Jacob Locher, Iodocus Badius u. f.

32) Einer der Liebhaber, Kenner und Sammler Altdeut⸗
  scher Kupferstiche, Holzschnitte, Gespräche, Saty⸗
  ren,

so daß ich auch im Druck und in Verzierungen dies Zeitalter fast unübertroffen finde. Man ahmte den alten Mönchsgemählden nach; aber mit viel Verstande und großer Anschauung der Dinge, daher ich dies Zeitalter beinahe das **emblematische** nennen möchte.

Unvermerkt sind wir also der Reformation nahe gekommen; und Sie verzeihen, daß ich von den berühmten Producten unsrer Sprache, die eine Kaiserliche Majestät betrafen, dem **Theur-dank, Weiß-Kunig** u. s. gar nicht rede. Aus keiner andern Ursache, als weil ich, sie zu lesen, bisher nicht Zeit gehabt habe; wie vieles überhaupt hätte ich noch zu lesen! und wie manches Gelesene könnte ich entbehren! Nächstens erwarten Sie etwas über die Reformation; doch daß Sie für die Poesie ja nicht zu viel davon erwarten!

ren, Verse und Schwänke sollte der Materie nachgehn, was dies alles zur Reformation und Aufhellung des Geistes beigetragen habe. Unglaublich frei, dreist und kühn waren die damaligen Zeiten.

### 7.

Luther war ein starker Geist, ein wahrer Pro=
phet und Prediger unsres Vaterlandes. Er hat die
classische Büchersprache der Deutschen zuerst fixi=
ret; alle seine Schriften sind voll Herz und Muth.
Auch seine wenigen Lieder athmen Deutsche Kraft,
obwohl seine Uebersetzungen alter Hymnen ziem=
lich hart sind. Es wäre zu wünschen gewesen,
daß, wie in Allem, so auch in dieser Liedersprache
sein Geist hätte forterben können; leider aber war
das unmöglich. Der einzige Erasmus Albe=
rus, und späterhin wenige andre gingen im Ton
der Kirchenpoesie, den Er angegeben hatte, auf
seiner Bahn, wie wohl auch mit sehr ungleichen
Schritten fort; der Meistersängerton bemächtigte
sich des Gesangbuchs der Protestanten, und die
kläglichen Zeiten, die bald nach Luther folgten,
brachten vor Allem einen klagenden Ton in die
Gesänge. Bald nistete sich auch der dogmatische
Geist in sie, und zuletzt ward der größeste Theil

der

derselben Machwerk; so daß nach Luther beinah
der einzige **Paul Gerhard**, (und wie spät lebte dieser!) unter den Liedersängern hervorschim-
mert. 33) Eine poëtische Reformation bewirkte
Luther also nicht; (dessen er sich auch nicht an-
maaßte;) vielmehr gaben die dogmatischen Strei-
tigkeiten, die durch seine Reformation entstanden,
dem Geist der Gelehrten eine ganz andre, ziemlich unpoëtische Wendung. Die lateinischen Schulen, die Melanchthon und andre verdiente Männer beförderten, zogen den etwannigen Genius
der Deutschen zur lateinischen Poesie herüber;
und da mit dem obersächsischen Dialekt, der durch
Luthers Bibelübersetzung und Schriften allgemach
zur Büchersprache ward, die Mundarten andrer
Provinzen in den Schatten gedrängt wurden: so
gingen auch die in ihnen vorhandenen poëtischen
Producte des obern und niedern Deutschlands
auf eine Zeitlang und für die meisten Provinzen

Q 4

fast

33) Barth. Ringwalds treuem Eckard u. a. lasse ich auch
ihr Recht wiederfahren.

faſt in Vergeſſenheit über. Bodmer hat dieſen
Schaden ſehr beklagt, der in manchem Betracht
auch nie erſetzt ward. 34) Einmal für alle war
Deutſchland durch den Streit über die Reforma:
tion zertheilt, und wenn ich ſo ſagen darf, ſeinem
Gemeingeiſt entriſſen; es ſcheint nicht, daß es zu
dieſem ſo bald zurückkehren werde.

Indeſſen erholte ſich allmählich der menſchli:
che Geiſt wieder; und es iſt ſonderbar, daß eben
der Winkel, der in ältern Zeiten der Deutſchen
Sprache die erſten poëtiſchen Knoſpen und Blu:
men gegeben hatte, auch jetzt die erſten Schöß:
linge zu treiben anfing. Bis auf Opitz waren die
erſten glücklichern Versmacher und Dichter Schwa:
ben und Rheinländer; auch die erſte Ausgabe
Opitziſcher Gedichte ward von Zinkgref in Straß:
burg veranſtaltet. 35) Zwei, einander übrigens
ſehr

34) In ſeiner Deutſchen Grammatik, in ſeinen littera:
riſchen Aufſätzen, und ſonſt.

35) Opitii Deutſche Poëmata. Samt einem Anhange
mehrerer Gedichte andrer Deutſchen Poeten. Straß:
burg, 1624.

sehr ungleiche Männer, beide aus dem Wirtember=
gischen, zeichneten sich in dem damaligen Unwesen
der Dinge Deutschlands vor andern an feinerem
Geist aus; und es war natürlich, daß beide sich
in der Poesie versuchten.  Ich lege Ihnen darüber
ein paar vor zwölf Jahren gedruckte Briefe bei,
die ich nur hie und da nach meiner jetzigen Denck=
art verändert habe: denn, daß ich mich selbst aus=
schreibe, muthen Sie mir wohl nicht zu; und wozu
sollte es auch in dieser Sache dienen?

———

## B r i e f
### über  Johann  Valentin  Andreä
#### deutsche Gedichte. 36)

Johann Valentin Andreä, gebohren 1586.
im Wirtembergischen,  ein Enkel des Jacob An=
dreä, 37) der zur Formula concordiæ sich so ge=

Q 5                    schäf=

36) Deutsches Museum 1779.

37) Der Enkel hat das Andenken seines Großvaters auf eine
sehr würdige Art zu erneuern gesucht. S. Fama Andrea-
na reflorescens ſ. Jac. Andreae vitæ, funeris, scripto-
rum etc. recitatio. Argent. 1630, 12.

schäftig bezeigte, war in seinem Vaterlande Dia-
kon, Special, Hofprediger, Doctor, Kirchen-
rath, Abbt, Generalsuperintendent u. f. Er
hat vieles und dies meistens in einer sonderbaren
Art geschrieben. Es sind nicht Schriften, sondern Schriftchen; nicht große leere Säle, sondern niedliche Wohnzimmer, zum Theil voll selt-
ner, ungesuchter Merkwürdigkeiten; Aufsätze,
hie der Pöbel seiner Zeit anstaunte, die auch vielen unsrer Zeit zuweilen befremdend, hie und da
unverständlich und als Spielzeug vorkommen müssen; die aber alle von der feinen Erfindungs- und
Einbildungskraft, vom richtigen Gefühl und
scharfen Urtheil, von der ausgebreiteten Kenntniß
und dem wiewohl unausgebildeten Dichtergeist
des Verfassers zeigen. Alles, was er schreibt,
wird Fabel, Gespräch, sinnreiche Einkleidung;
er sagt in ihnen Wahrheiten, die wir jezt uns
kaum, nachdem wir ein Jahrhundert weiter ge-
rückt sind, zu sagen getrauen; er sagt sie mit so
viel Liebe und Redlichkeit als Kürze und Scharfsinn;

sinn; so daß er in seinem streitenden, verketzern=
den Jahrhundert, wie eine Rose unter Dornen,
noch jezt, neu und frisch dasteht, und in zartem
Wohlgeruch blühet.    Ich kenne einen Freund,
der seine Schriften, so zerstreuet und selten sie
zum Theil sind, mit grosser Liebhaberei gesamm=
let, zum Theil übersezt hat und diesem guten
Andreä ein kleines Denkmal zu stiften Willens
ist, wie es unsere Zeit fordert.    Ihm also nicht
vorzugreifen, spreche ich von den Lateinischen
Schriftchen dieses Mannes kein Wort mehr und
bleibe bei seinen Deutschen Versen, die er unter
dem Namen: geistliche Kurzweil Strasb.
1619 in 12. herausgegeben hat, und die nur ⅜
Bogen betragen.                              :

Erwarten Sie in ihm keinen klassischen Dichter
unserer Zeit; die seine und auch der damalige
Zustand der Deutschen Sprache litt es nicht. Da=
mals schrieb alles Latein; und auch Er schrieb,
was er gefeilt schreiben wollte, in dieser Sprache;
fürs Deutsche blieben, wann ich so sagen darf,

nur

nur die Haus- und Herzensgeschäfte übrig. Das
meiste also, auch in dieser geistlichen Kurzweil,
ist für Weib, Kinder, Volk, Freunde; und der
Verfaßer sagt am Ende:

Ohn Kunst, ohn Müh und Fleiß ich dicht':
Drum nicht nach deinem Kopf mich richt.
Bis du schwitz'st, spitz'st und schnitz'st im
Sinn,
Hab' ichs gesetzt und fahr dahin.
Gefällt dirs nicht, wie ich ihm thu,
Machs besser, nimm ein Jahr dazu.

Sie sehen hiemit ohngefähr die Manier seiner
Verse. Wir nennen sie jezt Knittelreime, und
haben sie zu poßürlichen Ideen herabgestoßen; damals waren sie das angenommene Lehr- und Er-
zählungsmetrum; so wie denn auch der schlichte,
unermüdliche, gerade Gang dieser Verse, ihre
Leichtigkeit und Freiheit sowohl zur Erzählung,
als zum gebrängtesten Lehr- und Ermahnungsvor-
trage recht geschaffen scheinet. Nicht nur der be-
rüchtigte Hans Sachs; auch Burkard Waldis,

der

der Freidank, der Renner und wer nicht? haben
sich dieses Sylbenmaaßes bedient, daß ichs beis
nah den Hexameter der alten Deutschen nennen
möchte. Die Sprache unsers Dichters ist der
schwäbische Dialekt, der ihm zum Gebrauch dess
selben besondre Vortheile gibt. Er wirft das
der, die weg, und setzt ein d' hin, wie die Engs
länder: er zieht die Pronomina, einem, eis
nen, die Supina, behütet, geachtet, in eim,
ein, behst, geacht zusammen; die Vorschlags=
sylben ge, be, zu macht er zum Vorschlage b,
g, z, wie der lebendige Dialekt thut — zehn
Vortheile mehr, die den Vers so gedrängt und
voll, die Sylben und Bilder so leicht und übers
hinlaufend machen, daß wir mit unserm Sylben=
bau, wo jeder Vorschlag, jedes Vorwort, ein
unwesentlicher, nur der Flexion wegen hinzukom=
mender Theil der Rede, wie ein grosser Herr
langsam einherschreitet, dagegen schlecht bestehen.
Dort zieht der Gedanke, oder das Gemälde so
leicht vorüber, als man sie spricht; ja auch im

Bau

Bau und Maaß der Sylben erscheint dadurch
mehr Proportion und Zusammenordnung. In
Lehrstellen, Sentenzen, kurzen Gleichnissen und
Gegensätzen ist daher auch unser Andres besonders glücklich; so wie auch in komischen, witzigen
Zügen. Doch ich will Ihrem Urtheil nicht vorgreifen, und wähle also gleich das erste, ein sehr
ernsthaftes Stück seiner Sammlung. Es ist auf
den Tod einer Freundin geschrieben, theilneh-
mend und voll edler Dichtung: eine wahre Glo-
rification derselben. Setzen Sie sich in diesen Zustand des Verfassers, wenn Sie es lesen wollen,
und nehmen ihm auch seinen kleinen Anstrich von
Mystik, so wie den Trost seines Herzens aus
geistlichen Liedern nicht fremde: er schrieb aus seiner Seele und nicht für unsre Zeit. So hebt
er an:

Wenn wir die Welt mit Fleiß ansehn,
Wie All's thut durch einander gehn,
Wie der Bös' herrscht, der Fromme leidt,

Der

Der Narr viel schwätzt, der Weise schweigt,
Der Dieb wohllebt, der Redlich' fast't,
Faulheit bringt Lohn, die Arbeit Last,
Frechheit gewinnt, der Sorgsam' liegt,
Wer viel hat, nimmt; wer nichts hat, giebt:
Und läuft also, in einer Summ,
Die Weltkugel im Cirkel um —
So wird uns unsre Lebenszeit
Zu lauter Pein und Herzeleid,
Zu Kerker, Ketten, Band und Strick,
Und sehnen uns all' Augenblick,
Wie wir ein' Luft mögen gewinnen,
Daß wir der Dienstbarkeit entrinnen,
Daß uns so manche Jahr' und Tag'
Nicht werden zu ein'r lautern Klag',
Daß wir in diesem Jammerthal,
Erhalten auch ein klein Labsal.

Drum mancher ihm selbst nimmt die Flucht,
Und nur Ruh in der Wildniß sucht,
Vermeint, was nicht bei Menschenkinden

Woll'

Woll' er bei wilden Thieren finden.
Allda kein Hof, kein' Schul, kein Rath,
Kein Schmeichler, Heuchler, Advokat,
Kein Wuchrer, Künstler und Sophist,
Kein Wirth, Kriegsgurgel und Maulchrist,
Und was dergleichen Werkzeug' seyn,
Dadurch die Welt ihr macht viel Pein;
Zumal der Mensch sein hoch Herkunft
Macht schnöder denn die Unvernunft:
Denn je die Thier' in ihrer Art
Mehr Gnüg' und minder Widerpart
Haben in dem, was Gott beschert,
Wo's ihnen nur der Mensch nicht wehrt,
Der sie mit seiner List und Pracht
Auch seiner Unruh theilhaft macht,
Daß Unvernunft durch Witz regiert,
Noch mehr ein wildes Leben führt.

Also kam mir neulich zu Sinn,
Daß ich von Menschen lief dahin,
Und sucht mir einen grünen Wald,

Da ich so manch scheußlich Gestalt,
Der Menschen Werk, schlug aus dem G'müth,
Und stillt mein Herz, das in mir wüt, -
Erhohlt die Sinn', die gar verwirrt,
Erforscht mein' Seel, die sehr verirrt,
Fragt die Natur um ihren Willen,
Sprachet mit Gott, der gern bei Stillen,
Schauet den Dienst der Kreatur,
Und besah mit Fleiß die ganze Uhr
Der großen Welt, wie die regiert,
Mit Weisheit, Lieb' und Macht geziert:
Das macht mich bald ein'n solchen Herren,
Daß ich all' Gemeinschaft wollt verschwören,
Und deucht mich: ja, hie wär' gut seyn,
Da nicht wär'n Löwen, Wölf und Schwein,
Füchs' und Hund' in der Menschen Gestalt,
Sondern ein Jedes sein' Art behalt.

Indem mein' Seel' sich so ergetzt,
Mein Leib sich auch in Schatten setzt,

R                                        Mein

Meine Sinn' ruhten in sanftem Saus,

Meine Fantasei wollt fliegen aus;

Allgemach mein Haupt sich neigt zur Erd,

Vor Sicherheit kein Sinn sich wehrt,

Die Augen blintzten; Händ' und Füß'

Mein ganzer Leib seine Nerven ließ.

Ich hört' und hört nicht, sah ohn' Gesicht,

Mein Leben war wie ein Gedicht,

Bis daß der ganze Block da liegt,

Und hat der Schlaf an mir gesiegt.

Und sorgt' nun nicht, was Ost und West

Uns bringen möcht' für fremde Gäst,

Oder das fünft' Hauptkönigreich

Glaub' und Scepter werd' machen gleich,

Oder wer mach' den grossen Stein?

Wenn lauf der ewige Haspel sein?

Das alles mich gar nicht verletzt;

Aber ein Traum mich wohl ergetzt.

    Mich daucht, wie es fast finster wär,

Viel Nacht und Nebel um mich her,

Auch

Auch Schrecken, Furcht und Traurigkeit;
Ein jedes scheint, als trüg' es Leid.
Manch Vöglein seufzt,  manch Täublein kirrt.
Und wurd'.ein kläglich Leben geführt.
Es schien, als wollt die Erd und Himmel,
Einen Zank anheben und Getümmel,
Und jedes Ursach' hab zu klagen, —
Ich kann es doch nicht alles sagen:
Denn mir in solchem Wunderding'
All Muth und Witz war gar gering';
Zuletzt hört' ich ein' weiblich Stimm:

„Mit Fried und Freud' fahr' ich dahin:
O treuer Gott, nach deinem Wort,
Führ mich hin in der Freuden Ort.‟

Die Wort hatt' sie kaum ausgeredt,
Alsbald beweget sich die Stät',
Und ließ sich merken ein dunkler Schein,
Gleich wenn die Sonn' schier auf will seyn,
Und faßt die ganze Natur ein Muth,



Hofft,

Hofft, es soll wieder werden gut.
Ach, wie gar mag ich sprechen nicht,
Wie sichs hält, wenn dies Licht anbricht
Und wird dabei gehört ein Gesang,
Wie aller Freuden ein Anfang —
Der lautet: „Wohl dem Menschen, wohl!

Der die Welt kann verlassen!
Und lebet, wie ein Christ thun soll,
Geht auf des Himmels Strassen,
Der wird zuletzt, des Leibs ergetzt,
In Freud gesetzt,
Da ihn kein Feind nicht mehr verletzt,
Drum komm hieher, du Gottes Braut,
Dich holet heim, dem du vertraut."

O Wunder groß! was seh ich hier!
Der Himmel macht eine helle Thür.
Die Sonn muß vielmal heller seyn,
Will sie gleichen dem hohen Schein.
Nun ist das Erdreich ganz erleucht,

All Dunkel, Leid und Kummer weicht.
Mein Herz, das hüpft; ich bin entzündt:—
Wer ist die, so mein Gesicht nicht kennt?
Wer ist die weibliche Kreatur,
Die ich dort seh so klar und pur?
Wer ist so grosser Ehren werth,
Daß sich freut Himmel und die Erd?—

Wie ich mich so entsetzet fast
Eine Wolk'gemach sich niederlaßt,
Von Farb', gleich wie die Morgenröth,
Von Geruch, als der best Würzgart thät,
Darbei hört man ein' Musik rein,
Dergleich auf Erd möcht keine seyn:

„Dort beim Ewgen ist der Nuß,
Da ist Freude, da ist Schutz,
Alles kan der bei ihm fassen
Der durch ihn kann alles lassen — —

Ich dacht: o weh dem Menschenkind,
Das da viel sucht, da man nichts findt!—

R 3

Indem hat sich die Wolk' getrennt,
Daß man nunmehr die Musik kennt;
Das waren zwölf Jungfrauen rein,
Je zwo und zwo geschlossen sein:
Ihr Gesicht, Habit und ganze Art,
Zeigt wohl, daß es nichts Menschlichs ward:
Ihr' Himmlisch Lieb' und Einigkeit,
Ihr' göttlich Freud' und Freundlichkeit,
Die gaben mir den schönen Bericht,
Wies sey, wo Gottes Will geschicht.
Hierauf die Seel nach meinem Sinn
Erhub mit Freud nochmal die Stimm,
Und sprach:„ O Herr, ich bin zu g'ring
Deiner Lieb' und dieser grossen Ding
Doch thu, Herr, wie du hast gesagt,
Hier bin ich, dein' unwürdig' Magd.„
Hiemit der ganz' Jungfräulich Chor
Rings um sie her schwebet empor —

Hier, wo ich nun eben zu schreiben anfangen söll-
te, hier, wo der Mittelpunkt des Gedichts ist,

daß

daß alle Tugenden und Uebungen der Erde, alle Mühe und Verläugnung dort ewigen Werth und Lohn finden, hier — breche ich ab. Die Zwölf Jungfrauen, die erscheinen, sind Glaube, Hoffnung, Andacht, Liebe, Keuschheit, Gehorsam, Freigebigkeit, Duldung, Einfalt, Demuth, Mässigkeit, Arbeit. Alle reden die Ankommende aufs liebreichste an, loben sie, krönen sie mit ewigen Lohne. Die ganze Erfindung ist in Spensers Geist und ihre Worte sind zum Theil Sprüche von ewigem Glanz und Werthe; welcher Ausdruck aber müßte nicht diesem Gegenstande, dieser Vorstellung selbst nachbleiben? Ich übergehe also ihre Reden und der entzückte Seher fährt fort:

Aber was hör' ich, ich vernimm,
Der ganze Chor singt mit heller Stimm:

„So geh nun ein ins Leben,
Das dir von Anfang' ist bereit!

N 4

Nimm

Nimm an, was Gott thut geben,
Geneuß der ewgen Freud!
In Ruh, in Freud', in Wonne,
Tritt ein ins ewge Licht.
Ergetz dich in der Sonne,
Da nun dir nichts gebricht.
Dein warten mit Verlangen,
So in der Freud' voran;
Und werdens auch empfangen,
Die du auf Erd verlan.„

Dies war also die letzte Stimm
Damit fuhr all' mein' Freud dahin,
Damit theilt sich der Himmel wieder,
Und nahm sie weg; ich blieb hienieder,
Und seufzte, sehnte mich nach ihn'n —
Ach, daß ich noch im Fleische bin!
Ach, daß ich trag so schwer Gewicht,
Daß ich mich mag aufschwingen nicht!
Ach, daß ich noch mit Fleisch und Bein
Mit Stückwerk muß gebunden seyn!

Was

Was andre freut, mich nur betrübt,
Was andre ehrt, mich nur bemüht.
Was andre lehrt, mich nur verwirrt,
Was andre speist, mich nur stets irrt. —

Das zweite Stück enthält eine **Pastoral=theologie** für junge Kandidaten, voll launiger, komischer Züge, und so wahr, so wahr auch jetzo; es ist aber zu lang und muß auf einen andern Ort warten. *)

Die folgenden Gedichte sind theils Lieder, theils sehr wohl ausgedruckte moralische Sentenzen; ein paar Proben derselben will ich beifügen.

Andres hat auch einige Sonnette von Campanella übersetzt, die aber hart sind. Gnug, diese Anzeige soll nichts als einen feinen, dichterischen Kopf bekannt machen, der aber unter dem Geschmack seiner Zeit, und unter andern Geschäften erlag. Seine Deutschen Verse zeigen nur von

R 5

fern,

*) Ich habe es seitdem den Briefen, das Studium der Theologie betreffend, beigefügt.

fern, was er hätte werden können; seine lateinischen Dichtungen zeigen zum Theil, was er wirklich war. Und so lange sein Geist in diesen
Schriftchen, noch mehr aber in seinen thätig ge-
troffenen Einrichtungen lebt, wird Nachwelt und
Vaterland seinen Namen segnen. War er kein
Dichter, so war er etwas bessers, ein ausüben-
der Lehrer der ächten Menschenliebe und Men-
schenweisheit.

— Spargite humum foliis, inducite fonti-
bus vmbras

Paſtores, mandat fieri ſibi talia Daphnis.

## Einige Sprüche

von

# J. V. Andreä.

Wer sich demüthiget vor Gott,
Der Mensch gewiß auch Gaben hat.
Nichts Eitelers als eigne Ehr';
Der Stolze ist gewiß auch leer.

Wer

Wer weise zähmet seinen Mund,

Dem Menschen ist sein Herz gesund.

Nichts schnöder, als Wort ohne That;

Geschwätz ist der Thorheit Verrath.


Wer sich verlobt zu Gottes Dienst,

Der Mensch hat immer, was er wünscht;

Nichts Aermers, als der Welt seyn hold,

Undank und Schande ist ihr Sold.


Wer sich vergnügt mit seinen Gaben.

Der Mensch muß viele Gaben haben.

Nichts Schreienders als leere Töpf,

Suchen ohn' Zweck macht Schwindelköpf.


## Die verborgene Liebe.

Edele Liebe, wo bist du bei uns verstecket,

Daß sich dein Ursprung uns so selten nur entdecket?

Von Gott bist du gebohren,

Gott selbst hat dich erzeugt,

Dem

Dem Menschen auserkohren,
Dem die Natur sich beugt.

Liebliche Liebe, wo bist du bei uns verborgen,
Daß wir dein Saft und Kraft nicht schmecken heut
noch morgen?
Die Welt thust du erfüllen
mit süßem Honigseim,
das größte Leiden stillen
durch deinen milden Schein.

Innige Liebe, wo bist du bei uns verschlossen,
Daß wir zu deiner Treu uns schicken so ver-
drossen?
Alles kannst du verbinden,
was irgend ist zerstreut,
In dir ist Alls zu finden,
was Menschenherzen freut.

Stetige Liebe, wo bist du bei uns verlohren,
Daß du, Standhafteste, nie kommst vor unsre
Ohren?

Du

Du mußt den Bund erhalten
Den Bund der Menschenpflicht:
Denn Liebe mag nicht alten,
Die Treu kann rosten nicht.

Tröstliche Lieb', wohin bist du bei uns vertrieben?
Daß uns dein Muth nicht stärkt, wie viel auch
                aufgeschrieben.
Du nimmst dem Kreuz sein Gewichte,
Du nimmst dem Kelch die Gall,
Daß sich ein Christ aufrichte,
stärk mit den Brüdern all — u. s.

8. Der

### 8.

Der zweite Dichter, den ich aus den unmittelbar vor Opitz vorhergehenden Zeiten nennen wollte, ist **Georg Rudolph Weckherlin**, von dessen Leben ich mehr zu wissen wünschte. In der Vorrede seiner Gedichte 38) klagt er, daß sein väterliches Erbgut durch den unmenschlichen Krieg, in seines Bruders Händen zu Stuttgard und Blochingen, mit ihm selbst und seinem Vaterlande, auch viele seiner (Rudolf Weckherlins) hinterlassenen Schriften und Gedichte zu Grunde gegangen. Er führt an, daß die, denen er gnug bekannt gewesen, es wohl wissen, daß er vor dreißig, ja mehr denn vierzig Jahren der Deutschen Sprache Reichthum und Zierlichkeit den Fremden durch seine Gedichte vor Augen geleget. Die Buhlerlieder, die er sehr jung verfertiget, seyn längst verlohren; andre Stücke, sonderlich etli-

38) G. R. Weckherlins Geistliche und weltliche Gedichte. Amsterd. 16,　　in 12.

etliche Ovidische Fabeln seyn ihm in Frankreich
und England entführet; die übrigen,  Sonnette
und Bulercien seyn in Deutschlands Feuer und
Asche gerathen und also als seiner jungen Thorheit Funken zu nichts worden; inmaassen es denn
gewiß sei, daß

> gleichwie wir Menschen dahin sterben,
> also auch unsre Werk verderben.

Er freuet sich, daß viel hohe und vortrefliche Personen, ja auch gute Dichter in England, Frankreich, Italien, Spanien und andern Landen sowohl als in Deutschland ihn geliebet haben und
noch lieben. Er führet an, daß er schier sein ganzes Leben, oder doch mehr denn vierzig Jahr her
ohn Ablaß in großer Herren, Fürsten und Könige
Diensten, schweren Geschäften und Reisen zuge-
bracht, und sich zwischen diesen mühsamen und
stetigen Geschäften kaum einige angenehmere,
denn diese, ihm natürliche, Ergötzung und Kurzweil genommen.  Statt ihn zu tadeln, möge man

sich

sich also vielmehr verwundern, daß er nicht lieber
den Musen und der Deutschen Sprache gar einen
Scheidebrief und ewigen Urlaub gegeben.„  Und
in der That zeigen seine Gedichte, daß er nicht
nur mit allen gebildeten Sprachen Europa's und
mit den berühmtesten, treflichsten Menschen seiner Zeit, sondern auch mit dem grossen und feineren Weltlauf einheimisch und innig bekannt gewesen.   Seine Gedichte athmen den Geist der
grossen Welt; sie sind voll sinnreicher, artigen
Wendungen bis auf die damals viel geltenden
Concetti der Italiener.   Die Englische Sprache
scheint ihm seine zweite Muttersprache geworden
zu seyn; ihr eifern seine Gedichte in Ansehung
des Dranges der Worte bis zum Ueberladenen
nach; sie sind voll Anglicismen. Ausser Englischem
hat er aber auch Griechische, Lateinische, Italienische Stücke, alle jedoch in eigner Art nachgebildet. 39) Die Liebesgedichte, (Bulereien, wie
er

39) So ist z. B. die 30. Ode seines 2ten Buchs, die
Lie

er sie nennt,) scheinen ihm am meisten geglückt zu seyn; seine Myrtha ist so artig und schön besungen, als kaum eine Doris und Chloris besungen worden.

Ohne Zweifel kennen Sie bereits einige Stücke von ihm, die Zinkgref, Bodmer und Eschenburg bekannt oder wieder bekannt gemacht haben; der feine Geschmack des letztgenannten hat sich vorzüglich an seine schönsten Stücke gehalten. 40) Indessen schlage man das Buch auf, wie es fällt; so stößt man in seinen weltlichen Gedichten, auf

Artig-

Lüge, eine Nachbildung des herzlichen Stücks, das Walter Raleigh die Nacht vor seinem Tode geschrieben haben soll: go, soul, the bodie's guest; Reliques of ancient Poëtry (Vol. 2. p. 306.). Die 32te Ode Ulysses und die Syrene ist wörtlich das Gespräch: Ulysses and the Syren (Reliq. Vol. 1. p. 312.) Die Kennzeichen eines glückseligen Lebens Rel. Vol. 1. p. 320. und dem Italienischen ist ungemein vieles sowohl in den Oden als Sonnetten nachgebildet.

40) Auserlesene Gedichte der besten Deutschen Dichter, von Eschenburg B. 3. Braunschw. 1778.

S

Artigkeiten und Lieblichkeiten, in denen ihn auch
in spätern Zeiten wenige übertroffen haben möch=
ten. Ich theile Ihnen den Brief mit, den ich vor
funfzehn Jahren zu Erweckung seines Andenkens
geschrieben habe, 41) und lege seine Gedichte
selbst bei. Sie werden, die Fehler seiner Zeit ab=
gerechnet, in ihnen viel Vergnügen finden.

### Proben

## aus Rudolph Weckherlins Gedichten. *)

### Ueber einen Kranz.

Die Rosen, Lieb' *) in deinem Kranz
sind roth, wie deiner Lefzen Glanz;
Die frische Lilien vergleichen
sich deiner zarten glätten Hand,
und dieses gülden=klare Band
muß deines Haares Golde weichen.

Der

41) Deutsches Museum, 1779. Octob. n. 2.

*) Mit wenigen, fast unmerklichen Veränderungen.

*) Love, my love.

Der Rose giebt Ein Tag den Gang,
Die Lilien blühen auch nicht lang',
und deine Blum' ohn Wiederkehren
veraltet einst und neiget sich.
So sollt' auch dieser Goldfad dich
des goldnen Fadens Kürze lehren.

Warum dann bist du so feindlich?
Warum sprichst du so unfreundlich?
Warum thust du mich so betrüben?
Erbarmst du dich nicht über mich,
Mein, so erbarm dich über dich,
Und laß uns jetzt einander lieben!

## Stumme Rede der Liebe.

Wenn, Myrta, Reden und Stillschweigen
wenn beides hindert unser Glük,
So laß uns unser Herz bezeugen
Durch sich besprechende Anblick';
Denn Amor, den wir allzeit ehren,
Wird diese stumme Sprach uns lehren.

S 2

Laß

Laß hin und her die Blicke fliegen,
Getreue Boten deiner Gunst,
Der Neider Thorheit zu betriegen,
Die nicht verstehn die leise Kunst.
Denn Amor, welchen sie nicht ehren,
Wird sie die stumme Sprach' nicht lehren.

Sollt' aber Jemand sich verdrießen
Ob unsrer Lieb' Anblicken-Fahrt,
So müssen wir uns dann begrüssen
Mit dem Geist, nach der Engel Art;
Und Amor, welchen wir stets ehren,
Wird solche stumme Sprach' uns lehren.

Und also wollen wir betriegen
Der falschen Schwätzer Müh und Leid,
Und doppelt uns nach Lust vergnügen,
In ihrem Neid' und unsrer Freud';
Weil thöricht sie nicht Amorn ehren,
Wird er sie diese Sprach' nicht lehren.

Kenn-

## Kennzeichen eines glückseligen Lebens.

Ach, wie glückselig ist das Leben,
Dem keines andern Will gebeut,
Der ohne Mißgunst, Neid und Streit,
Sieht andrer Glück vorüber schweben.|

Der seine Wünsche selbst regieret,
Indeß sein frommer deutscher Muth
Ist sein bewehrter Schutz und Hut,
Darunter sein Herz triumphiret.

Der kein Geschrey noch Lob begehret,
Dem Wahrheit ist die größte Kunst,
Den Fürsten- oder Pöbel-Gunst,
Den Furcht und Hofnung nicht bethöret.

Der die Fuchsschwänzer fort läßt gehen,
Nicht speisend sie von seinem Gut;
Und dessen Fehl, Fall und Armuth
Kann seine Hasser nicht erhöhen.

Der selbst nicht weiß, wie übel schmerzet
Des Bösen Lob, des Frommen Fluch;

S 3

Dem

Dem ein Freund oder gutes Buch
Schadlos die lange Zeit verkürzet.

Und dessen Muth vor nichts sich scheuet,
Als allzeit fertig für den Tod —
Der ernstlich früh und spät zu Gott
Um Gnade, nicht um Güter schreyet.

Der Mensch besorgt sich keines Falles,
Denn Er ist frey, reich, gut und groß,
Sein selbst Herr, ob er wohl landlos,
Und, habend nichts, hat er doch alles.

## All Glück gut

Das Glück ist allen gleich und gut,
Ist auch beständig heut' und morgen;
Den Reichen giebts Furcht, Müh und Sorgen,
Den Armen Hoffnung, Sinn und Muth.

Tod

## Tod eines Lasterhaften.

Gelebet hat er nicht, als ob er sterben sollte;
Gestorben ist er nicht, als ob er leben wollte.

---

## Glück.

Das Glück hat vielen, wohl zu leben,
Zu viel, doch keinem gnug gegeben.

---

## Tod.

Mit dem gnadlosen Tod muß Jung und Alt
                              dahin;
Die Jungen findet er, die Alten finden ihn.

---

## Ueberschrift eines Spiegels.

Bist du schön, so gebrauche Fleiß,
Dich nicht mit Lastern zu beflecken;
Und bist du häßlich, so sey weis',
Den Fehl mit Tugend zu bedecken.

---

                Mar•

## Màrtials Wunsch,
### was das Leben glücklich macht;
#### verändert. *)

Fruchtreiche Arbeit, Müh' und Fleiß
Ein wohlverdienend = frommer Wandel,
Nicht köstlich, doch gut Trank und Speis',
Errungner Reichthum ohn' Rechtshandel.

Gesund = und freier Geist und Leib,
Behaus = und Kleidung, rein und tüchtig,
Ein freundlich, keusch und kluges Weib,
Ein Ehbett, fröhlich und doch züchtig.

Trostreicher Schlaf, sorglose Nacht,
Lieb' allen, niemand Leid zufügen,
Ein Herz und Mund, ohn' Klag und Pracht,
Mit seinem Stande sich vergnügen.

Gedanken, Freund' und Bücher, gut,
Was Recht, stets lernen oder lehren,
Der Stirn und Zunge gleicher Muth,
Den Tod nicht fürchten, noch begehren.

*) Vitam, quae faciunt beatiorem.

Die

Die gegebnen Proben zeigen; daß Weckher-
lin, wie alle seine Vorfahren, die Sylben zum
Verse mehr zählte, als maas, lieber, wenn ich
so sagen darf, sie dem Sinn nach deklamirte, als
Schulmäßig skandirte.   Er that dabei, was die
Poesievollsten Nationen, Spanier und Italiener,
(Franzosen ungerechnet) noch thun, und wovon
sich die Wirkung jedem Ohr ergiebet: nehmlich,
der Vers bekommt dadurch Physiognomie und Leben, es wird eine Wortfolge, wie der Geist des
Gedichts und der Strophe sie gleichsam forthaucht.
Die Seele des Verses belebt auch den Wortbau
und der Accent, den der Dichter jetzt auf dies
Wort, jetzt auf jenes, als auf seine rechte Stelle zu legen wußte, thut seine natürliche Wirkung.
Dazu kommt, daß, wie schon Weckherlin anführt,
die deutsche Sprache bei diesem Versbau im Besitz und Gebrauch aller ihrer schönen, vielsylbigen
und zusammengesetzten Worte bleibt, die zersetzt
und zerschnitten,  oder  zusammengedrängt  und

S 5

auf

aufgeopfert werden müssen, wenn das Mühlenge=
klapper des Jambischen Rhythmus ein Erstes
und das Hauptgesetz bleibet.

Und wozu diente im Grunde dieser einförmige
Rhythmus? Nehmen Sie ein Gedicht, das
am schulmäßigsten skandirt ist, und wollen es le=
sen; wirds nicht unerträglich, wenn man im Le=
sen skandiret? Sie müssen also erst zerstören,
was der Prosodiker hineinzwang, damit nur im
lebendigen Gange der Gedanken das Gedicht
Geberde und Antlitz zeige — schöne Kunst!
schöne Mühe! Griechen und Römer konnten le=
send skandiren und skandirend lesen, Metrum und
das lebendige Gemälde der Worte mischten sich,
und der Sinn folgte. Wo geschieht dies bei uns=
sern eintönigen Jamben? Wer mag sie singen
und skandiren, daß sie noch Jamben blieben?
Das feine Ohr der südlichen Nationen Europens,
die der römischen Sprache näher sind, verließ al=
so ein Gesetz, das weder die Sprache noch der

poes

poetische Geist ertrug, indem es ihnen hölzerne
Klötze an die Füsse band und Schellen an die
Ohren: sie zählen, aber sie messen nicht
genau: sie deklamiren und lassen der Sprache,
der Strophe, dem Gedicht, dem Verse des Ge=
dichts ihre natürliche Physiognomie und Mine.
Entginge der Musik lyrischer Stücke damit etwas?
Nichts weniger. Die wahre Musik hätte sich die=
ser mehrern Natur zu erfreuen, nicht zu betrü=
ben. Sie selbst soll deklamiren; sie kann also tie=
fer und eigenthümlicher an die Seele reden, wenn
sie ein lebendiges Wort= und Empfindungsgemäl=
de auszudrücken hat, nicht einen mechanischen
Rhythmus. Italien ist abermals Zeuge. Ge=
sang und Sprache wird bei ihm viel mehr Eins,
als bei uns; warum? die Italienische Poesie
skandirt nicht, sondern sie deklamiret. Kurz,
wenn Weckherlin die Englische Poesie in Allem
auszudrücken suchte, so that er wohl, daß er sie
hierinn verließ und seinen Vätern folgte. Die
Englis

Englische Sprache ist voll einsylbiger Worte; die längeren werden zusammengezogen und nach dem Schall im Munde, nicht nach den Sylben gerechnet; bei uns Deutschen ist Alles dies anders. Und doch hat die Englische Prosodie Auskünfte getroffen, vor denen wir uns noch fürchten, und lieber unsre Sprache verderben. *) — —

Aus

*) So wahr dies alles in Absicht der einförmigen Jamben, zumal wenn sie hölzern gebraucht werden, seyn mag: so paßt es nicht auf andre lebendigere Sylbenmaaße, in denen das Metrum mit dem Geist und Genie des Gedichts, ja selbst mit der Physiognomie jedes Verses und jeder Strophe aufs innigste Eins wird. Keine Sprache Europa's kann sich hierin der Griechischen so zwanglos nähern als die Deutsche; und natürlich ist dies eine vollkommnere Versifikation, als wenn die Declamation eines Gedichts der Skansion desselben widerspricht und diese nur für das Auge gemacht scheinet. Auf jenem Wege ist auch die innigste Zusammenschmelzung der Poesie und Musik allein möglich. Klopstock hat diesen Weg der Poesie eröfnet, und andre haben sich eigne Fußsteige gebahnet, so daß wir zur unskandirten Barbarei nicht mehr zurückkehren können, noch dörfen.

Auſſer dieſer lebendigen Deklamation hat Weckherlin eine merkwürdige zum Theil beneidenswürdige Sprache, die theils provinzial, theils von ihm ſelbſt gebildet iſt. Oft wird ſie hart, weil er dem Drange der Engliſchen Kürze zu ſehr nacheifert; überall aber, und auch in ſeinen Fehlern, giebt er Lehren. Wenn ich ein Schwabe wäre, wollte ich mir die Ausgabe dieſes Dichters in ſeinen beſten Stücken nicht nehmen laſſen, und ein Idiotikon ſeiner Sprache mit ihm liefern. — Ein großer Theil ſeiner Gedichte ſind Lobgeſänge, meiſtens auf ſehr würdige Perſonen; z. E. Guſtav Adolph, Bernhard von Sachſen, Ernſt von Mansfeld, den Ritter Wotton u. a.; die meiſten enthalten trefliche Stellen zum Lohn des Patriotismus und der Tugend. Kurz, mir wäre es nicht unwohl, wenn ich dieſen Dichter von einer guten Hand wieder erweckt ſähe; mich dünkt, Ihnen gewiß nicht minder. —

9. Mich

### 9.

Mich freuets, daß Ihnen Weckherlin Freude
gemacht hat; wenn Sie mich aber zur Fortsetzung
meiner Briefe aufmuntern: so dächte ich, wir
stünden bei Opitz vor der Hand stille. Freilich
giebt es auch in diesem bekanntern Zeitraum meh‐
rere sowohl weniger bekannte, als mißkannte
Dichter; sie sind indessen nicht so selten, und man
kann sich in Absicht ihrer eher zurecht finden.

Lieber wünschte ich ein andermal das Anden‐
ken einiger alten Prosaisten unsrer Sprache
zu erneuren, die im Ganzen verkannter und dennoch
gewiß nicht unmerkwürdiger sind als die Dichter.

Am besten wäre es, wenn wir eine Geschichte
der Deutschen Sprache in Prosa und Dichtkunst,
mit den gehörigen Belegen und einer Deduction
der Ursachen erhielten, die beide befördert oder
zurückgehalten haben. Die wäre mehr und ganz et‐
was anders, als das Andenken einzelner Dichter
und Prosaisten. Also für jetzt zur Gnüge.

V. Cä‐

v.

# Cäcilia.

Vielleicht ist keine Schußpatronin in der Welt zu ihrem Amt unschuldiger gekommen, als Cäcilia, die Schutzpatronin der heiligen Tonkunst. Sie kam dazu, weil sie auf die Musik nicht achtete, ihre Gedanken davon abwandte, und mit etwas Höherem beschäftigt, sich von ihren Reizen nicht verführen ließ. So schreibt die Legende: a) „Eine

a) Dei vocem audiens Caecilia Virgo clariſſima absconditum ſemper Evangelium Chriſti gerebat in pectore, Dominum fletibus exorans, ut virginitas eius ipſo conſervante inviolata permaneret. Haec Valerianum quemdam iuuenem habebat ſponſum, qui juuenis in amore Virginis perurgens animum, diem conſtituit nuptiarum. Caecilia vero ſubtus ad carnem cilicio induta, deſuper auratis veſtibus tegebatur. Parentum vero tanta vis et ſponſi circa illam erat exaeſtuans, ut non poſſet amorem cordis ſui oſtendere et quod ſolum Chriſtum dili-

ret

T

„Eine edle Jungfrau, Cäcilia, hörete Gottes Stim=
me, und trug das Evangelium Christi verborgen
in ihrer Brust. Mit Thränen bat sie den Her=
ren, daß unter seinem Schutz sie eine unbefleckte
Jungfrau bliebe. Ein Jüngling, Valerian, ward
ihr Bräutigam, von brennender Liebe zu ihr ent=
zündet. Schon war der Tag ihrer Hochzeit be=
stimmt; mit Goldgestickten Kleidern ward Cäcilie
bekleidet; aber an ihrem Leibe trug sie ein haare=
nes Gewand. Eltern und Bräutigam stürmeten
auf sie, daß sie die Liebe ihres Herzens, mit der
sie Christum allein liebte, nicht zeigen konnte.
Der Tag der Hochzeit kam, das Brautbett war

ge=

geret indiciis evidentibus aperire. Quid multa? Venit
dies, in quo thalamus collocatus est. Et *cantantibus
organis*, illa in corde suo soli Domino decantabat,
dicens: fiat cor meum et corpus meum immaculatum,
ut non confundar; et biduanis ac triduanis jejuniis
orans commendabat Domino, quod timebat. Invitabat
angelos precibus, lacrimis interpellabat apostolos, et
sancta omnia Christo famulantia exorabat, ut suis eam
deprecationibus adiuuarent, suam Domino pudicitiam
commendantem. *Acta Caecil.*

gesetzt, die Instrumente tönten; sie aber
in ihrem Herzen sang zum Herren allein
und sprach:„ reinige mein Herz, mein Leib sei
unbefleckt, daß ich nicht vor dir erröthe.“ Sie
fastete zwei, drei Tage und empfahl sich Gott in
ihrer Furcht. Sie lud die Engel in ihren Ge-
beten zu sich; mit Thränen flehete sie die Apostel
und alle Heiligen des Himmels, die Diener Christi,
um ihren Beistand an, dem Herren ihre Tugend
zu empfehlen u. f.„ Sie erhielt diese, bekehrte
ihren Bräutigam und dessen Bruder, die beide
den Engel sahn, der sie begleitete; sie litt endlich
das Märtrerthum, und ward eine Heilige der
Kirche.“

So sprach die Legende und vergebens standen
jetzt die Worte: *cantantibus organis* illa in corde
suo soli Domino decantabat, nicht im Brevier
der Kirche. Ausser dem Zusammenhange, bei der
gewöhnlichen liturgischen Wiederholung, dachte
man sich an den Hochzeit-Instrumenten,
von denen Cäcilia ihr Gemüth ab-
 wand-

wandte, jetzt — eine Orgel; man machte sie
also gar zur Erfinderin derselben, gab ihr die
Werkzeuge dazu in die Hand, und ließ diese ihr
inneres Herzensgebet begleiten. So kam sie zur
zweiten unverhofften Ehre, eine Erfinderinn der
Orgel zu seyn, von der in ihrer Legende gar nicht
die Rede seyn konnte.

Endlich ward ihr eine dritte, ihrem Charakter
noch fremdere Ehre. Seitdem sie zur Schutzpatronin der Musik (man weiß nicht, wenn? und
wo?) erwählet war, und sich an ihrem Heiligen-
tage, den 22. November, die Meister und Zunft-
genossen derselben versammleten, ihre Schutzgöttinn musikalisch zu preisen, empfing sie mit der
Zeit Opfer, die sie an ihrem Hochzeittage nicht angenommen hätte, und als eine Heilige des Himmels noch minder annehmen konnte. Man sang
und musicirte vor ihr die Geschichte der Thais
und des trunkenen Alexanders, wie er aus Kraft
der Musik Persepolis in Brand steckte; die Ge-

schichte

schichte Orpheus, den die Liebe ins Höllenreich
trieb u. f.

So gehts mit den Namen der Menschen, mit
ihrem Charakter und ihren Verdiensten. Auf dem
Markte des Nachruhms, wenn alle auf ihm versammlet stünden, wie mancher würde über das,
was man an ihm pries, und wie mans an ihm
preiset, erröthen! —

Weit entfernt indessen, die Heilige Cäcilia von
ihrem schönen Sitz der Unsterblichkeit verdrängen
zu wollen, und statt ihrer, wie ein Schriftsteller
gethan hat, b) die heil. Isoie, St. Vincenz,
St. Odo, St. Aldric, St. Gall, oder gar
den heil. Dunstan zum Patron der Musik vor-
zuschlagen, preisen wir diesmal den Mönchsirr-
thum sehr glücklich.   Er hat eine schöne christliche Muse geschaffen, die durch Gemählde und
Gesänge berühmt worden, und durch beide aufs
Herz der Menschen wohlthätig gewirkt hat.   Das
einzige Gemählde Raphaels von ihr in Bo-

T 3

logs

b) Varietés histori. et literair. Par, 1752, T. III, p. 242.

logna macht sie; als eine himmlische Erscheinung,
der Unsterblichkeit werth; sie hat in ihm einen eignen Charakter gewonnen, der weder eine Clio,
noch eine Maria oder Magdalena darstellt; eine
erhabne, standhafte Heilige ist sie, und zugleich
die personifirte himmlische Andacht.

Desgleichen hat ihr Festtag Compositionen hervorgebracht, die, wenn sie auch in Wahl der Materie nicht eben alle zum persönlichen Charakter der
H. Cacilia stimmten, dennoch zu den claßischen
Meisterwerken der Kunst gehören, z. B. Dry-
dens, Pope, Addisons, Congreve's Oden
zum Cäcilientage, und vor allen andern Hän-
dels Musik zum erstgenannten Gedichte.

Schön ists überhaupt für jede Kunst, eine
solche Schutzgöttinn, und einen Tag des Wett-
eifers zu ihrem Preise in Ausübung der
Kunst selbst zu haben. Man freuet sich dabei
ihrer innern Natur, als eines himmlischen Ge-
schenkes, erinnert sich der Wohlthaten, die sie dem
Menschengeschlecht brachte, und sieht, eben durch

Dies

diesen festlichen Wetteifer neubelebt, ein fernes, unerreichbares Ziel vor sich; man fühlt die Kunst in ihrer unsterblichen, immer neuaufblühenden Jugends-Schönheit. Noch edler und anständiger wird der Cäcilientag dadurch, daß er eine christliche Heilige singet: denn Andacht, dünkt mich, ist die höchste Summe der Musik, heilige, himmlische Harmonie, Ergebung und Freude. Auf diesem Wege hat die Tonkunst ihre schönsten Schätze erbeutet, und ist bis zum Innersten der Kunst gelangt. Alle lustigen, kleinen Ergötzungen, die die Musik erschafft, sind unschuldige Spiele oder leichte Vorübungen zu dem erhabnen, umfassenden Genuß, den nur die reine heilige Musik unsrer Seele gewähret.

Nach diesem Gruß an Cäcilia sei es mir erlaubt, einige Worte über ihre Kunst zu sagen.

*   *   *

I. Die tiefste Grundlage der heiligen Musik ist wohl der Lobgesang, Hymnus; ich möchte sagen, er sei dem Menschen natürlich. Wir

T 4

fin-

finden uns nämlich so ganz umringt von ungeheu=
rer Macht und Uebermacht der Schöpfung, daß
wir in ihr nur wie Tropfen im Ocean zu schwim=
men scheinen; und wenn dies Gefühl über einen
Gegenstand oder in einer Situation zur Sprache
kommt, was kann es anders, als ein Ausdruck
des Seufzers werden:„ ungeheure Macht,
„erdrücke mich nicht! hilf mir!“ Die wil=
desten Nationen haben auf solche Weise Anläße
zu Hymnen gezeigt; gesetzt, daß sie solche auch
nur an ein mächtiges Thier, an einen ungeheuren
Wasserfall oder Fels, an die Nacht, an Sonne,
Mond und Sterne gerichtet hätten. Je mehr
indeß der menschliche Verstand sich sammlet und
gleichsam selbst begreift, desto mehr findet er in
dieser ungeheuren Macht auch Regeln der Weis=
heit, einen Gang der Ordnung, der ihm dienen
kann, und dem er dienen muß, mithin Gesetze
der Güte und Milde. Sein Hymnus wird also
immer beredter; er erzählt die wohlthätigen oder
wunderbaren Eigenschaften der großen Schöpfung

in

in Beziehung auf sich selbst und auf andre mit
ihm lebende Wesen: er nennt die Eigenschaften
seines angebeteten Gegenstandes mit tausend Na=
men, deren ganzer Inhalt dieser ist: „Du bist
groß; sei auch gut! schade mir nicht, hilf
mir!" Wenn endlich der Geist sich zum höch=
sten Ideal der Schöpfung, zu Gott, erhebt; ein
Meer, in dem' alle Vollkommenheiten zusammen
fliessen; ein Mittelpunkt, aus welchem alle Ra=
dien strömen: was kann ein Wort an ihn seyn,
wenn es ein Wort seyn soll, als Hymnus?„ Von
„Dir, durch Dich, in Dir bin ich; zu Dir gehe ich
„wieder. Du bist alles, Du hast alles, Du gabst
„mir alles; gib mir das Edelste, Dir ähnlich zu seyn;
„hilf mir!" Alle Völker, die Gott erkannten, ha=
ben in Hymnen solcher Art ihr Herz ausgeschüt=
tet und ihre Vernunft gesammlet; auch in der
höchsten Poesie ist der Plan solcher Lobgesänge
äußerst einfach.

Es giebt nämlich zweierlei, physische und
historische Hymnen. Jene wenden sich an

Gegenstände der Natur und suchen gleichsam den großen unumschränkten Himmel, unter dem sie ertönen; diese können nur entstehen, wenn die Religion schon Geschichte, menschliche Geschichte worden ist, und lieben einen engern Kreis; aber auch sie gehen noch den einfachen Gang der alten Naturhymnen. Von beiden werden wir ein andermal in Beziehung auf die Griechen reden; jetzt bleiben wir bei dem, was dem christlichen Hymnus Materie und Form gegeben.

Ohne Zweifel war dies vor allem andern das **Ebräische Psalmbuch.** In ihm sind Lobgesänge der vortreflichsten, reinsten Art vorhanden, Gesänge die noch von keiner Nation übertroffen worden, ja die in jedem ihrer Glieder Jubel und Klang gleichsam mit sich führen. Der Geist der Tonkunst wohnt ihnen so innig ein, daß er sich jeder Sprache mittheilt, in welche sie übersetzt werden; auch in den härtesten Mundarten roher Völker fängt sich mit ihnen heiliger Gesang an

zu regen. Und zwar ist es Tempel=und Chor=
gesang.   Dieser Charakter ist ihnen mit dem
Parallelismus ihrer kurzen Verse und Glieder uns
austilgbar eingepräget: daher auch ins Christen=
thum mit ihnen sogleich die zwo Stimmen,
(Priester und Volk,) die Antiphonieen kamen.
Mußte Musik nicht die Basis eines öffentlichen
Gottesdienstes seyn, dessen Religion sich die gan=
ze Schöpfung, ja die Freuden des Himmels selbst
als einen Tempel= und Lobgesang, als ein
ewiges Hallelujah gedachte? Das Dreimal=Hei=
lig, das Ehre sei Gott in der Höhe, das
ewige Hallelujah der Schöpfung bewegte
also auch das Schiff der christlichen Kirche; in
Hölen und Tempeln ward ihre Gemeine davon ein
leises oder lautes Echo.

Damit schliesse ich nicht aus, daß nicht auch
Griechische und Lateinische Modulationen den
christlichen Kirchengesang bestimmt haben; die al=
ten Hymnen zeigen dies unwidersprechlich. Noth=
wendig mußte das Christenthum, sobald es aus

Jur

Judda ausging, in jedem Lande, in dem es sich festsetzte, den Charakter und die Modulation der Sprache dieses Landes annehmen, also auch von ihrer Dicht= und Tonkunst lernen; und am meisten war dies bei der Griechischen und Römischen Kirche der Fall, da beide dieser Sprachen, insonderheit die Griechische, so Poesie= und Tonreich waren. Indessen war und blieb dies alles nur ein Geräth, das man im Geist der Psalmen und des Jüdischen, hin und wieder auch des ehemaligen heidnischen Gottesdienstes gebrauchte, an dessen Stelle die neue Liturgie trat. Das Volk sollte beschäftigt, ergötzt, erbauet werden; wie konnte dies anders geschehen, als daß man sich seinem Ohr, Auge und Genius bequemte?

II. Nicht aber macht der Hymnus allein den Gottesdienst aus; die menschliche Seele, ein Instrument vieler Tonarten und Saiten, will auch ein sanftes, erbauliches Lied, den Zeugen einer stilleren Freude und leiseren Belehrung; sie will auch in Gefahr und Angst, in Kummer und Sehn=

sucht

sucht ein „Herr erbarme dich unser", ein kla-
gendes, ängstliches Miserere. Für alle diese Ge-
müthszustände und Situationen des Lebens hatten die Psalmen einen reichen Vorrath; und da
die Kirche oft in Umstände gerieth, in denen sie
solcher Angstgebete nöthig hatte, so ward dieser
Vorrath der Psalmen vielfach gebrauchet. Daher also die Bußpsalmen, die girrende Stimme
der Turteltaube in den Hölen und Steinklüften,
die langen, klagenden Litaneyen mit dem wieder-
holten Echo des Kyrie Eleison; daher die Seufzer
um Errettung, die Gesänge der Hoffnung eines
andern Lebens. Auf Glaube und Zuversicht war
die christliche Kirche gegründet; Glaube und Zuversicht erheben und beflügeln sich am stärksten mit
dem Gesange der Andacht. Ueber den Gräbern
der Entschlafenen tönte nicht heidnische Verzweife-
lung und Furcht fürm Todtenreiche; sondern sanfte Trauer und fröhliche Hoffnung, Hoffnung des
Wiedersehens, des ewigen Zusammenlebens mit
einander.

III. Das

III.  Das heilige Geheimniß endlich, das Geheimniß eines der Kirche beiwohnenden, sie erfüllenden, im Sakrament theilhaft werdenden Gottes, wie konnte es anders, als mit Intonationen einer göttlichen Gegenwart und Begeisterung gefeiert werden?  Daher die hohen und tiefen Accente bei Einweihungen,  und in den Momenten des Wunders. Selbst das christliche Glaubensbekänntniß, konnte von der Musik nicht ausgeschlossen seyn:  denn es ward ein Gelübde des Herzens auf Leben und Tod über heiligen Gebeinen.  Die ganze Idée der christlichen Kirche,  daß sie eine Einzige, allgemeine, unter einander durch Einen Geist verbundene Gemeine sey,  machte an sich schon Gesang, Gebet, Segen, Fürbitte zu einem allgemeinen Opfer,  zu einem Weltverbreiteten Hallelujah.

*　　*　　*

Nachdem, was hier in größester Kürze angedeutet worden,  ist es nicht zu verwundern, daß die

ganz

ganze Einfaßung der chriſtlichen Liturgie
inſonderheit in der Griechiſchen und Rö-
miſchen Kirche Geſang ward; auch die
Syriſche und keine andre hat ſich davon ausſchließ-
ſen mögen. Vom früheſten Stral der Morgenröthe beginnet der Gottesdienſt mit Verſikeln und
Intonationen, Antiphonieen und Doxologieen;
Pſalmen und Hymnen wechſeln; die Leſungen
und Gebete, die Ermahnungen ans Volk ſind
gleichſam nur zwiſchengeſtreuet. Das Chriſtenthum nämlich begann bei Völkern, die voll lebendiger Einbildungskraft und von großer Reizbarkeit
waren; dieſe liebten Erweckungen des Herzens,
einen Aufſchwung der Phantaſie durch Ohr und
Auge. Und da ihnen, angezeigtermaaſſen, das
Pſalmbuch der Juden, ſammt der Poeſie und
Tonkunſt ihrer Landesſprache, ja der Inhalt und
Zweck der Religion nach Beſchaffenheit der das
maligen Zeiten, und des früheren Gottesdienſtes,
an welchen ſie von Kindheit auf gewöhnt waren,
zu Hülfe kam; ſo ward aus Geſängen und Sprü-

chen

chen des alten und neuen Testaments, aus dem
Gloria und Ave, aus Credo und Kyrie Alles gemacht, was die andächtige Tonkunst daraus
machen konnte.  Man gehe das Ritual der Griechischen und Römischen Kirche in diesem Gesichts-
punkte durch; sie sind große Gebäude, ich möchte
sagen, Labyrinthe des musikalisch-poetischen
Geistes, in denen Geschichte und Lehren nur
ihre kleinen Wohnungen haben.. Propheten und
Psalmen sind hin und wieder vortreflich gebrauchet,
und über das Ganze ist ein Strom der Begeisterung, der lyrischen Fülle und eines so lauten Ju-
bels verbreitet, daß, wenn man es auch nicht
wußte, man es mit grosser Gewalt fühlet: „eine
solche Anordnung sei nicht das Werk eines Menschen, sondern die Ausbeute ganzer Nationen und
Jahrhunderte in verschiednen Himmelsstrichen und
den mannigfaltigsten Situationen." Einem Dichter, der für die Kirche mehr als einzelne Lieder
dichten will, sind diese Bücher zu studiren eben so
unentbehrlich, als dem Tonkünstler, wer er auch

seyn

seyn mag, die unerreichbaren Muster der ältern
Musik der Kirche. Denn, heilige Cäcilia, mit
welchen Wunder= und Herzenstönen hast du deine
Lieblinge, einen Leo, Durante, Palestina,
Marcello, Pergolese, Händel, Bach u. f.
begeistert! In und aus ihnen tönte die heilige
Musik in vollem, reinen Strome; bis sie sich
nachher in tausend anmuthige Bäche zertheilt hat.

*       *       *

Ziehen wir aus dem, was historisch bemerkt
worden, einige Folgen: so ergiebt sich vor allem,
daß der christliche Kirchengesang von An=
fange bis zu Ende eines Gottesdienstes
oder Festes Ein Ganzes seyn müße, das
vom ersten bis zum letzten Tone Ein
Geist belebet. Aus unsern protestantischen Kir=
chen ist diese Einheit ziemlich verschwunden, auf
welche es doch in der ersten Kirche so fühlbar und
groß angelegt war. Wir fangen freilich mit ei=
nem Demuthsvollen Kyrie an, und unterbrechen
es zuweilen mit einem Gloria. Ein Allein

Gott in der Höh sei Ehr! soll das Gemüth erheben; Antiphonieen und Lectionen werden eingestreuet; ein sanftes Lied, ein gesungener Glaube sollen die Seele zum Gehör göttlicher Worte bereiten; der Genuß des Abendmals endlich soll in der feierlichsten Rührung mit Gesang und Segen den Gottesdienst beschliessen; wie weit sind wir aber davon weggekommen, daß dies Alles Ein Ganzes auch im sinnlichgeistigen Eindruck werde! Die Musik der Kirche sollte dies Band seyn: denn sie ist sinnlich und geistig; zwischen ihren Ufern sollte der Strom der Begeisterung und Andacht sanft oder stärker fortströmen. Aber die Orgel allein thuts nicht; Instrumente allein werdens auch nicht bewirken. Die Anordnung des Gottesdienstes selbst im Innern und Aeußern, Sänger, Leser, Prediger, die Gemeine, also ihre Erziehung, der Zweck und die Art, wozu und wie sie beisammen ist, müssen dazu beitragen, daß Klopstocks goldener Traum, die Chöre, erfüllt werde. c)

Und

c) S. Klopstocks Oden, Hamburg bei Bode S. 227.

Und ehe dieser goldene Traum erfüllet wird, wollen wir wenigstens einige Worte von dem reden, was dem musikalischen Dichter und seinem Tonkünstler auch jetzt schon vor der Hand zu liegen scheinet; so bald sie darauf Rücksicht zu nehmen geneigt wären.

1. Die Basis der heiligen Musik ist Chor: denn eine Gemeine soll singen, und wenn zwei oder drei versammlet wären, so machen sie mit der ganzen Christenheit auf Erden Eine Gemeine. Arien also, Duette, Terzette u. dgl. sind nie das Hauptwerk einer Musik der Kirche, gesetzt, daß sie auch in die Kirche gehörten. Nur auf dem Wege des Chors, (im weitesten Verstande genommen,) gelangt man zu jener Bewegung und Rührung, die diese Musik erfodert. Die tiefste Demuth, ja ich möchte sagen, Vernichtung und Zerschmelzung vor Gott, alle Ermunterungen zu Trost, Hoffnung und Freude, jene Ausbrüche des Glaubens, der Hoffnung, Frage und Antwort, Zweifel und Zuversicht, Kummer und Trost, Fluch und Segen sind in den reichen Sätzen

und Gegensätzen der **Chorſprache** alten und neuen Teſtaments zu finden. Einen groſſen Theil der bibliſchen Bücher ſchlage man auf, wo man will; und es fallen Stellen ins Auge, die, wie Stimmen Gottes und der Gemeine, der Dichter nur aufnehmen und anwenden, der Ton=künſtler nur fühlen und für das Herz der Menſchen accentuiren darf. Hier iſt Vorrath auf ewige Zeiten.

2. Der Chor des heiligen Geſanges iſt aller Abwechſelungen und Verände=rungen fähig, die irgend nur in der rei=chen und weiten Sphäre ſeines Inhalts liegen. Die Sprache der Pſalmen und Pro=pheten iſt uns auch hier Muſter. Man ſehe z. B. den 2. 24. 42. 43. 46. 50. 68. 82. 87. 95. 113 — 118. 121 — 29. Pſalm; welche Abwech=ſelung des lyriſchen Geſanges vom leiſeſten Solo bis zum volleſten Chor, in allen Stuffen und In=verſionen, iſt in ihnen vorgezeichnet! Und der Gebrauch derſelben, die Anwendung einer jeden Stimme und Antwort, wie mannichfaltig darf und kann ſie ſeyn nach Inhalt und Zeiten! Hier

alſo

also ist das lyrische Gebäude in höchster Würde
und Vollkommenheit zu erbauen; hier oder nirgend: denn mit Worten und Tönen wirkt die
Kunst hier rein. Es sind Stimmen, die sich
hören lassen, und keine Personen; aber alle
Stimmen der Welt, von der Stimme Gottes an,
bis zum Laut und Seufzer jedes Herzens, jeder
reinen menschlichen Empfindung. Die Symme-
trie zweier Stimmen und Chöre bleibt indessen
die Hauptabtheilung, wie bei jedem symmetrischen
Gebäude, so auch hier; dies ist der Einfalt gemäß,
die sowohl das Herz als die lyrische Kunst wünschet.

3. Daß die Chöre von Hymnen und
Liedern unterbrochen oder gleichsam aufgenommen, besänftigt, oder beflügelt
werden, liegt abermals in der Natur der Sache. Wir sind aber auch hierinn hinter der
ältern Kirche zurück geblieben. Die lateinische
hatte nur wenige, kaum neun Haupt-Sylben-
maaße zu ihren Hymnen; diese sind alle populär
und sehr faßlich; und doch sind von ihnen kaum

zwei und drei sehr unvollkommen zu uns hinüber
gerettet worden. Das prächtige pange lingua
gloriosi, die sapphischen und anapästischen Metra
wagen sich nicht in unsern Kirchengesang, der
größtentheils aus den Meistersängerzeiten seine
Melodieen erhalten. In der ersten Hälfte dieses
Jahrhunderts wollte man diesen mit weicheren,
abwechselnden Sylbenmaaßen vermehren; meis
stens aber geschah es so ganz ohne Geschmack und
Würde, daß sich die neuen polymetrischen Ge
sänge zum Glück nicht erhalten haben; daher die
ältern, unter welchen mehrere Vortrefliche sind,
immer noch die vorzüglicheren bleiben. Und doch,
wer sollte es dem Kirchengesange wehren, alle die
Abwechselung, allen den Flug zu nehmen, den
der Hymnus oder das Lied fodern? Aber Musik
muß diese Melodieen einführen; sie müssen zuerst
in einem größeren Gebäude der Tonkunst erschei
nen, daß die Gemeine sie, unvermerkt gleichsam
und willig, lerne. Was in der Welt bedeutete
sonst der einzelne Vers eines Chorals, den wir

jetzt

jetzt unſern Kirchenmuſiken einſtreuen? Bei der
einzelnen Strophe eines Liedes wird ja die Seele
nie warm; man ſpüret, wenn die Strophe auf?
höret, eine unangenehme Leere; und es bleibt
bei dieſen Zertheilungen Alles ein künſtliches Flick?
werk. Nicht alſo die ältere Kirche. Ihre Hym?
nen ſind kurz; allemal aber von mehreren Stro?
phen, und zu allen blieb ihr das **Dreimalhei**?
**lig** ein Muſter. Da es nun überdem auſſer al?
lem und über allen Widerſpruch iſt, daß unſre
Poeſie und Sprache gegen die Sprache unſrer
Vorfahren zehnfach ausgebildeter worden; warum
wollten wir fortfahren, nur zwo Saiten zu berüh?
ren, da wir ein Inſtrument von zwanzig, von
hundert Saiten in unſrer Hand haben? Sehen
wir nicht, daß auſſer der Kirche die Muſik erſtau?
nende Fortſchritte gethan hat, daß durch dieſe
ſelbſt das Ohr des Volks vieltöniger worden iſt,
und daß wir folglich nicht mehr wie unſre alten
Vorfahren leyern und ſingen können, weil wir
nicht mehr wie ſie accentuiren, ſprechen und le?

U 4

ben?

ben? Eine Reformation des Kirchengesanges
dünkt mich also ein natürliches Erforderniß der
Zeit zu seyn; auf dem angezeigten Wege, unter
den breiten Flügeln der Kirchenmusik kann sie am
leichtesten und angemessensten erlangt werden.
Hier wird sie in allen Theilen harmonisch gebildet und eingeführet; der Chor der Kirche nimmt
sie willig auf.

4. Die Recitative können in der Kirchenmusik nichts als die Stelle der Lectionen vertreten; sie müssen also nur eingestreuet
werden, dabei äußerst einfach, kräftig und kurz
seyn. Sind uns die Evangelien nicht bekannt?
liest sie der Lector nicht vor dem Pult? und wir
wollten uns damit aushelfen, daß wir ihre einfachen Worte, an denen die Wahrheit der Erzählung haftet, mit fremdem, rhetorischen oder poetischen Schmuck verbrämen? Durch dies beschwerliche Kunststück erreichen wir nur Eins, daß
wir mit vieler Mühe in langen Phrasen unmusi-
kalisch sagen, was an sich in seiner alten evangelischen

lischen Erzählung größten Theils sehr musikalisch gesagt war: denn es ist nicht zu bergen, daß der historische Styl der Bibel, so wie Oßian, ja jede von Kindern und einfachen] Völkern erzählte Geschichte der Musik viel empfängiger ist, als unsre künstlichsten Recitativ-Perioden. Die ältere Kirche fügte es also anders. Nur wenige Hauptworte nahm sie aus den Lectionen zum Gesange auf, ließ diese in Antiphonien wiederkommend ans Herz dringen, als Hauptdenkmale der ganzen Geschichte. Dies dünkt mich sei der wahre Zweckmäßige Gebrauch derselben nach Ort und Zeit: denn warum dörfte der Gemeine eine Geschichte vorgesungen werden, die sie weiß, ja die sie eben gehört hat? Und welches sogenannte malende Recitativ könnte eine Geschichte malen? Aber Worte, Stellen aus der Geschichte ans Herz legen, das kann die Tonkunst.

5. Hiemit zeigt sich also, daß die Kirchenmusik auf keine Weise dramatisch seyn könne, und wenn sie dies seyn wolle, sie

U 5

ganz

ganz ihren Zweck verfehle. Auf dem Thea-
ter ist alles auf dramatische Vorstellung, Charak-
terschilderung, aufs Spiel der Personen eingerichtet; hier zeigen sich, wie gesagt, keine Personen, hier wird nichts repräsentiret. Es sind
reine, unsichtbare Stimmen, die unmittelbar mit
unserm Geist und Herzen reden. Wollte man
biblische Geschichten dramatisiren; so gehören sie
nicht für die Kirche, sondern mögen zu Hause in
sogenannten geistlichen Cantaten gesungen
oder gespielt werden. Vor der Gemeine verliert
die einzelne Person, sie möge einen Petrus oder
Johannes, eine Maria oder Magdalene vorstel-
len, nicht nur alles Ansehn mit ihrer Gebehrde,
sondern das Wort ihrer Stimme verliert auch alle Wirkung. Dies Wort muß ihrem Munde schon
entnommen, und allgemeiner Gesang, ein
Wort an alle menschliche Herzen geworden seyn:
alsdann wirds eine Stimme der heiligen Tonkunst. So z. B. der Gesang Simeons, so selbst
die Worte Christi, der Propheten und Apostel.

Die

Die heilige Stimme spricht vom Himmel herab;
sie ist Gottes Stimme und nicht der Menschen;
weh ihr, wenn sie, um sich sichtbar zu machen,
ein theatralisches Gewand anleget! Diese Un=
sichtbarkeit, wenn ich sie so nennen darf, er=
streckt sich bis auf die kleinsten Anordnungen und
Verhältniße der geistlichen Tonkunst. Eine Arie,
ein Duett oder Terzett, das einzeln glänzet, jede
Sylbe, in welcher der Dichter oder Künstler
spricht, um sich zu zeigen, schadet der Wirkung
des Ganzen und wird dem reinen Gefühl unaus=
stehlich. Dramatische und Kirchenmusik sind von
einander beinahe so unterschieden, wie Ohr und
Auge.

Hieraus ergiebt sich aber auch, daß Eine die
Andre nicht schmähen, oder verachten sollte: denn
sie sind und bleiben, obwohl sehr ungleiche,
Schwestern. Es war Natur der Sache; daß
aus der Kirchenmusik dramatische Musik entstand,
so wie bei den Griechen aus dem Chor und Dithy=
ramb die Tragödie ward, und diese in natürlichen
Stuf=

Stuffen fortgieng. Es war Natur der Sache, daß die dramatische Musik vieles gewann, wozu sie im Heiligthum nie kommen konnte, insonderheit, ich möchte fast sagen, sichtbare Bestimmtheit. Sie muste an einer vorgestellten Handlung Theil nehmen, diese vorbereiten, leiten, ausdrücken helfen; tändeln und lachen, sogar niesen und gähnen mußte sie lernen. Da sie einzelne Charaktere auszudrücken, individuelle Situationen zu beleben hatte: so ward sie aufs feinste und lebhafteste charakteristisch. Dies alles lag ausser den Grenzen der heiligen Tonkunst; sie vergiftete sich selbst, wenn sie nach solchen verbotenen Früchten greifen wollte. Dafür aber blieb ihr ihr Baum des Lebens um so sicherer, die reine, allgemeinmenschliche Rührung; die dramatische Tonkunst selbst mußte nach seinen Blättern und Blüthen greifen, wenn sie aufs Herz des Menschen, nicht blos auf Auge und Ohr wirken wollte. Wie oft schließen wir unser Auge bei einer schönen Musik des Theaters, und mögen

die

die Gebehrden des Sängers, die Reize der Sän=
gerin nicht mit ihr verbinden! Wie oft trennen
wir einen Gesang des Herzens von der ganzen
Scene, in der er gesungen ward und nehmen ihn
als ein Privat=Eigenthum mit uns! Hat end=
lich die wahre Musik sich nicht sogar über alle In=
strumente ergoßen, und mit jeder Situation des
menschlichen Lebens gleichsam familiarisiret, oh=
ne daß sie weder hier noch dort als Drama er=
scheinet? Warum müßte sie denn im Tempel
dramatisch werden?

: „Also ist doch, wird man sagen, die wahre
Musik dem Tempel jetzt ziemlich entflohen? und
wird sie je in denselben zurückkehren?„ Ganz
entflohn ist sie daraus nicht; und es ist wahrschein=
lich die Schuld der Tempel mit gewesen, wenn
sie daraus hie und da entfliehen mußte. In an=
dern Tempeln wohnet sie noch, obzwar unerkannt
der theatralischen Welt; und wenn sie sich aus ih=
nen in den Meisterwerken der älteren Zeit weit
verbreitet hat, so werden diese Meisterwerke von
allen

allen innigen Tonkünstlern noch jetzt aufs höchste ge=
schätzt, in der Stille studirt, auch angewandt, wo sie
irgendangewandt werden mögen. Die heilige Mu=
sik ist so wenigausgestorben, als das wahre Gefühl
der Religion und Einfalt aussterben kann; indessen
wartet und hoffet sie freilich auf eine Zeit der Wieder=
einsetzung und Offenbarung. Sollte ihr diese auf
immer versagt seyn? Ich sehe dazu keine Ursache.
Lasset drei dazu geschaffene Menschen aufleben und
einander begegnen, einen Beschützer, einen Ton=
künstler und einen Dichter; so könnte in einem
kleinen Kreise schon viel werden. Der Dichter
dörfte selbst nicht vom ersten Range seyn; nur
von einer Art, in der er hier der Erste wäre,
ein Mann, der, mit einem Gefühl für das, was
heilige Musik ist und allein seyn kann, allen Vor=
rath derselben in den heiligen Büchern kennte,
das alte Ritual von den Schlacken, unter denen
es begraben liegt, zu reinigen wüßte, sich von
allem Hergebrachten des neueren Modegeschmacks
entfernt halten könnte, und darnach, unserer Zeit

anges

angemessen, eine simple, große Anordnung machte. Ein Tonkünstler, der mit warmen höhem
Gefühl für das Göttliche seiner Kunst diesen Tempel erfüllte, diesen Tempel belebte; ein Beschützer endlich, der diesem Allen zur lebendigen Anwendung einen Platz, eine Schule der Kunst
gönnte; setzet diese Drei zusammen, und es könnte in der protestantischen Welt geschehen, was in
ihr vielleicht noch nicht gethan ist. Ob es zu uns-
sern Zeiten geschehen wird, ist eine andre Frage.
Es werden indeß noch manche andre Zeiten kommen, und was nicht heute geschieht, geschiehet
morgen. Cäcilia wird wiederkehren vom Himmel, und sich hie und da eines reinen, eines ganz
reinen Tempels freuen. So lange wollen wir jeden Funken des heiligen Feuers in der Asche be-
wahren.

---

Ich füge ein Lob der Tonkunst bei, das
im Musikalischen Kunstmagazin erschienen,
übrigens aber zur Composition auf einen Cäcilien-

tag

tag nicht bestimmt ist. Es ist nur eine Schil-
derung, ein Lob der Tonkunst.

## Die Tonkunst.

### Eine Rhapsodie.

Die du droben den Reihn der Sterne
Und der Unsterblichen führst,
In ewig-jungem schwebenden Jubeltanz
Nah und näher hinan des Allvollkommenen
           Thron;
Und tief hienieden im Erdenthal
Unter des Himmels heiligem Blau
In leisen Tönen, im verlohrnen Laut
der Ahndung, unser Herz
in die Chöre der Himmel erhebst:

     Ewige Harmonie!
Kling' ein in meine Saiten.
Heilige Harmonie!
Kling' ein in meine Seele.
Sie fühlet dich, sie will, sie wird dich fühlen!

Des

Des Wohllauts ewige Kette zieht

Auch meinen Geist. Es wallt mein Herz

Im Strome der Melodie zum hallenden Ocean

Der Allvollkommenheit.

    Wach auf in mir, du leiser Himmelston,

Der meine Seele ward.

Aus keiner Engelsharf' entquolleſt du. Dich
                hauchte

Der Ewige selbſt mir ein.

Und biſt mir Ewigkeit,

Biſt Gottes-Gefühl in mir, der unendlichen Har-
                monie

Vorahndende Verkünderin.

Wenn einſt mein Geiſt

Vom Erdenſtaube ſich hebt empor,

Und ſeiner Feſſeln ſanft ſich windet los;

Zu Hülfe komm' ihm dann, du heilger Strom

Von Tönen andrer Welt,

Umſtröm' ihn ganz, und trag' ihn ſanft hinüber.

    Des Himmels Gabe biſt du uns,

O Tonkunſt! biſt ein Tropfe

             X              von

Von jenem hellen melodischen Wohllustmeer
In dem das Weltall wallt,
Ein Meer von Zahl und Maas und Lieb' und
                              Tanz und Leben! —
Der Tropfe floß hernieder
Dem Wandrer zur Erquickung,
Zur Labung ihm, hin in sein Vaterland,
Ein ziehend Sehnen nach dem vollen Strom. — —
Als Adam, als die erste Mutter einst
Den ersten Todten sahn, ach ihren Sohn,
Und den erschlagnen kalten Leichnam, (nun
Auf ewig kalt, auf ewig todt!)
Mit starrer Hand umfaßten,
Und ihre Seelen untergehn,
Versinken wollten im verstummten Schmerz;
Da wars, da regten Töne sich
Des Mitgefühles einer andern Welt;
Der Ewigkeit verschlossenes
Gewölbe brach; Musik erklang auf Erden.
        Des Seraphs Laute in der Hand
Schwebt über ihnen der Gestorbene

                                        In

In unsichtbarem Glanz.   Es sangen leise Töne
Den Armen Trost ins Herz.   Es träufelte
Mit jedem neugehörten Ton
Der Ruhe Thau in ihr zerlechzetes
Gebein. — Der unsichtbare
Sang mächtiger, zog aus den Himmelssaiten
Den Ton der Unvergänglichkeit,
Des ewgen Wallens hin zu höherm Licht,
Des steten Sehnens nach dem vollern Strom;
Er sang das Lied der Sterne,
Den Wandelgang um ihres Vaters Thron;
Den ewigguten Vater
In aller seiner Liebe.
Und stieg, ein selger Geist,
Stieg auf dem letzten, innigsten der Töne,
Der ewig tief in ihrem Herzen blieb,
Gen Himmel wieder auf.
     Wenn in des Lebens Labyrinth,
Im dunkeln Hain der bangen Mitternacht,
Umringt von Thiergeheul' und Höllenstimmen,
Mein Herz erbebt,

X 2                              und

Und über sich verzagt,
Und nirgend Ausgang findet;
Des Himmels Tochter, süße Zauberinn,
Nicht mit Syrenen: nicht mit Feenklang
Erscheine mir; ein Lied der Andacht flöße
Mir Ruh ins Herz. ::
Wie wird mir?  Hör' ich nicht
Ihr Kommen?  Fühl' ich nicht
Ihr sanftes Schweben wie im Mondesstral?
Sie spricht mir zu; ein Engel spricht zu mir,
Ein Himmelswesen, das unmittelbar
Mein Herz berührt, die weinende
Gerührte Laute! und den Klageton
Schnell in Triumph verwandelt.

   „Verlassener, was zagest du
In trüber Einsamkeit?
Gott, der den Gang der Sterne kennt,
Kennt auch der Menschen Herz.

   Er giebt dem Schiffe seinen Weg,
Den Winden ihre Bahn;

Er

Er wird auch Dir, im Wellenmeer
Des Lebens, Weg verleihn.
            Was zagest du?  Der Erde Noth
Geht wie ein Traum vorbei.
Und was Dir heute Mislaut dünkt,
Ist morgen Harmonie.
Schau gen Himmel und sieh!  Am hohen Tem-
            pelgewölbe
Funkeln Sterne; da glänzt Gottes unsterb-
            liche Schrift.
Kann dein Auge sie zählen?  Dein Ohr die
            Stimme vernehmen,
Die des Erschaffenden Ohr ewig und ewig
            vernimmt.
So tönt Alles um Dich.  Ein Stral der Son-
            nen erklingt dir.
Sieben Töne des Lichts, golden und heilig
            im Klang'.
Allenthalben strömet dir zu das große Geheimniß
            Deiner Vollendung; du lernst ewig und
            ewig daran.

            X 3                    Maas,

Maas, Bewegung und Zahl im Kampf der
          liebenden Eintracht
    Spricht in Tönen dir zu: Eines in Al=
          lem ist Gott!„

, , , O Harmonie, ich flehe dir,
Du Freundin meines Seyns zum höhern Seyn,
Du Seele meiner Seele.  Rufe mir,
Aus jedem Wesen rufe
Den reinen Ton hervor, zu dem es klingt.
O Führerin durchs Leben! Freundschaft ist
Der Seelen Einklang.  Lieb' und Güte sind
Der süße Wohlllang, der in Allem tönt,
Der immer reiner, immer höher steigt —
Wohin? wohin? zu welcher Symphonie
Der Symphonieen — —

VI. Denk=

# VI.

## Denkmal
# Ulrichs von Hutten.

—

Als die Zeitung meldete, im neuen Deutschen Merkur sey Huttens Bild und Leben erschienen, erröthete ich über meine Schuld, wie lange ich diesem edeln deutschen Manne auch ein kleines Denkmal zu setzen Willens gewesen. Er starb als ein Flüchtiger, als ein Vertriebener, und hatte zuletzt nicht, da er sein Haupt hinlegte; nur eine Schreibfeder fand man nach seinem Tode bei ihm und einige Briefe seiner Freunde. — Wie sein Nachlaß war, soll und kann auch nur dies Denkmal werden: ein glatter Stein auf seinem Grabe, oder ein Brief von Freundes Hand über seinen Tod und über sein kurzes, stürmiges Leben.

Wenn ein junger, feuriger Mann schon in Jahren, die andre noch als Pflanzen wegträumen, ein Mann fürs Vaterland ist, der den faulen Weg und die ruhige Lebensart der Mönche

(es giebt Mönche in allen Ständen) früh verläßt,
eben weil ihm vielleicht sein Genius zuflispelt, daß
ers nicht lange werde thun können: er strebt, was
er kann: a) erwählt mit den Guten und fürs
Gute freywillig Ungemach zu leiden, Stand, Güter, Ruhe, Leben, Ehre aufzuopfern, und läßt
sich durch jede neue Gefahr nicht abschrecken bis
ans Ende seiner kurzen Laufbahn; die Finsterniß
ist aber stärker als das Licht, die Sklaverey stärker als die Freiheit: man rottet sich um ihn,
schneidet, da er noch keine Grenzen seiner Wirk-
samkeit kennet, ihm Luft und Athem ab: auch
seine Freunde treten scheu zurück: sein edelster,
ihm treugebliebner Freund sinkt, und mit ihm

Glück

a) Hutten scheint dieses selbst geahndet zu haben; er machte sehr früh seine Grabschrift:

Von der Geburt an ward mir zum Lebensloose das Elend;
    Uebel zu Land' hab' ich, Uebel zu Wasser erlebt.
Will es das Schicksal dann, daß all mein Leben in Jammer
    Ende; so will es mir wohl, daß ich es endige bald.
Unter tausend Gefahren hab' ich die Muse geliebet,
    Habe gethan für sie, was und wieviel ich vermocht.

Glück und Alles; nun treten die Falschen hinzu, die sich auch Freunde nannten, verläumben, spotteten, hönen seine Plage: Der Edle fällt, wie man vor bösen Buben fällt, und jene Uneblen behalten Recht: „Was hat er ausgerichtet? Was wollte er? Freylich — Freylich auch fehlte es ihm nicht“ — aber jung, zu jung —„ Unter solchen Hohnsprechungen liegt nun der Arme bey einem Pfarrer auf einer kleinen Insel im Bodensee, hatte in Deutschland, für das er alles unternahm, zuletzt keinen sichern Tritt mehr, und starb auch dort mit Liebe fürs Vaterland und mit Löwenmuthe gegen die Verkleisterer der Wahrheit — Jünglinge, wallfahrtet zu seinem Grabe, und sein Leben sei euch ein Spiegel mehrerer Zeiten.

*       *       *

Als Ulrich von Hutten, der junge Fränkische von Adel, in Fulda studirte, wollten ihn, wie billig, Mönche zum Mönchen machen. Tune hoc ingenium perderes? sagte der verdiente Eitelwolf von Stain zum Abbt und errettete den

den fähigen Knaben.     Zeitlebens hing Huttens
Herz an diesem edlen Manne, seinem Erretter.
Ihm hatte er nachher die Gunst des Kardinals
von Mainz, seine Reise nach Italien, sein erstes
blühendes Hofglück zu danken; mit Eitelwolf von
Stain sank ihm seine erste Stütze, auf die bald
Eine nach der Andern folgte.     Eitelwolf wars,
der dem Churfürsten von Brandenburg den Rath
und den Plan zur neuen Universität Frankfurt
an der Oder gab, und nach seinem Sinne sollte
sie ein neues Athen der schönen und freyen Weiss=
heit werden; bald aber thats dem biedern Manne
leid, da er die neue Universität ärger als eine
andre mit Sophisterey und Pfaffenkram überdeckt
sah. Er ging mit einer Societät der Wissenschaf=
ten in Mainz, dem damals so blühenden Mainz,
schwanger und — starb darüber. Gnug, er hatte
Hutten in die Welt geholfen, und Hutten hat
in seinen kurzen Jahren mehr gethan, als manche
Societät in Jahrhunderten thun dorfte oder thun
mochte.

Hut=

* * *

Hutten studirte in Kölln, und das war, wie wir auch aus der Geschichte Luthers wißen, damals mit ein Hauptnest der Philosophaster und Theologaster. Der Eckel, den Hutten früh an dieser Brut hatte, gab ihm, noch unbestimmt, wie sein Unmuth ausbrechen würde, den Stof zu den epistolis obscurorum virorum, dem späteren kühnen Werk seines Lebens. In Fulda war **Crotus Rubianus**, sein nachmaliger Mitarbeiter an diesen Briefen, sein Mitschüler gewesen, ein Freund, der ihm bis ans Ende treu blieb. Und da in Kölln alle die Originale, insonderheit der grauissimus Ortuinus, die das künftige Heldengedicht galt, lebten; so ist dies abermals eine Probe, wie das Meiste, das wir in unserm Leben thun, von Verbindungen und Umständen herrühret, in die uns frühe die Vorsehung setzte. Die Morgenröthe des Lebens, Jugendeindrücke, frühe Freunde, Situationen von Jugendhaß und Jugendliebe — sie machen meistens den Anklang

uns

unsrer Bestimmung. Sie weben das Grundge=
webe, in welches spätere Schicksale und eine rei=
fere Vernunft nur den Einschlag geben.

*  *  *

Hutten ging überdrüßig von Köllu nach
Frankfurt, dessen reizende Lage er, vermuthlich
für seinen Eitelwolf, in Versen beschrieb.
Freundschaft also lockte den ersten Sproß des jun=
gen Dichters hervor; diese Muse verließ ihn auch
nicht in seinem ganzen Leben.

Jugendliche Unruhe trieb Hutten hierauf nach
Italien, zuerst als Kriegsmann unter Maximi=
lian, der damals Padua belagerte. b) Und hier
hing

b) Die in diesem Feldzuge geschriebenen kleinen Gedich=
te Huttens sind voll Patriotismus für Deutschland
und den Kaiser, voll ächten Kriegermuths gegen die
Venetianer, am meisten aber gegen die Franzosen.
Manche von diesen sind so charakteristisch, als ob
sie zu unserer Zeit gemacht wären, und würden vie=
len Lesern in einer guten Uebersetzung wohl thun.
Die Nationen bleiben sich immer gleich bis ans En=
de der Tage.

hing sich die Schlange, (eine Krankheit, die sich gleich selbst erklären wird,) an seinen Fuß, deren Gift er Zeitlebens mit sich trug, und die zuletzt seinen Häßern auch Anlaß zum Hohn gab. — Wer die Geschichte der damaligen Zeiten und dieses Uebels kennet, als es zuerst in Europa ausbrach, der muß ungerecht seyn, wenn er nicht dem allgemeinen Zeugniß glaubt, daß man damals sehr unschuldig dazu kommen konnte, und desto ärger daran war, weil man noch kein Mittel dagegen wußte. Die Krankheit, an der Fürsten und Herren damals mit Ehre laborirten, hatte den Schandfleck noch nicht, den ihr die spätere Zeit mit Recht gegeben. Jetzt ist das Ungeheuer in seine Grenzen gebannet: damals wars Pest am Mittage. Hutten schreibt in seinen Briefen mit einer Offenherzigkeit davon, die am lautesten seine Unschuld zeiget, (an der damals auch niemand zweifelte, der ihn kannte.) An die Fuggers schrieb er ein öffentliches Dank- und Glückwünschungsschreiben über den Lebensbaum, Guaiaci medi-

medicinam, der durch sie nach Deutschland kam;
und an den Erzbischof, Kardinal und ersten Kurfürsten Deutschlands, **Albert von Mainz,**
schrieb er, de morbo Gallico librum, in welchem er ein eben so patriotischer Verfechter der
Gesundheit seiner Landsleute wird, als er sich
nachher ihrer Ehre, Freyheit, Aufklärung und
Glückseligkeit patriotisch annahm.

*  *  *

In Krieg und Krankheit waren seine Arbeiten
flüchtige, einzelne Sinngedichte, die sich ohne
seinen Willen zerstreuten, gesammlet oder vielmehr verstümmelt herausgegeben wurden, die er
also aus Noth selbst heraus gab und sie Maximilian zueignete. Coluit, sagt er —

coluit per mille pericula Musas
et *quanti potuit* carminis auctor erat.

Von früh auf sieht man an Hutten einen
Mann, der zur Pedanten-Autorschaft nicht gemacht war. Alles lebt in seinen Schriften, nichts

steht

steht geschrieben, daß es nur also dastehe.
Seine Bücher, alle meistens kleine Stücke, sind
Stimmen aus seinem Leben, Laute seines Ritter=
worts, Handlung. Und darum wirkten sie
auch in ihrer Art, wie Luthers Schriften in der
Seinigen; er schrieb ein Latein, wie es die Dreh=
bank Ciceronischer Perioden schwerlich allein her=
vorbringen möchte. Wie Dädals Bildsäulen sieht
man seine Worte und Phrasen gehen, kommen,
handeln, leben!

*     *     *

Er kam nach Deutschland, und ein Landedels
mann, sein Vater, der an ihm einen fleißigen,
mühsamen Juristen nach der damaligen Juristen=
zeit in Deutschland suchte, fand nicht, was er
wünschte. Der junge Mensch schrieb seinen Nemo:
das erste Stück in künftiger Huttenscher Manier,
und wenn man deuten wollte, für ihn eine üble
Ahndung. Beym ersten Auftritt war er ein
Niemand und ist gewissermaaße Zeitlebens ein

Y                                    Nie=

Niemand geblieben. — Vorher hatte er unter mancherley Schicksalen ganz Deutschland durchkrochen und durchflogen, „ ein Ulysses, wie er sagt, mit einer ganzen Odyssee von Zufällen.“ Wenigstens hatte er dabei den Vortheil, daß er das Deutschland, für welches er nachher mehr als Demosthenes seyn wollte, in allen seinen Provinzen kannte: von Rostock und Greifswalde bis gen Frankfurt und Wien; Sachsen, Böhmen, Braunschweig, die Schweiz. Zu Wittenberg hatte er sein Gedicht de arte versificatoria, (ein Zeichen des Brodstudiums, worinn er Unterricht geben mußte,) hingeworfen; aber auch dieses that er mit einer Wärme, die ganz den künftigen Mann prophezeyte. In der Schweiz nahm ihn der verdiente Reformator Vadian auf, und so kam er zum zweytenmal, jezt ganz ein Jurist zu werden, nach Welschland.

Wir wollen uns nicht in Umstände einlassen, die man im Leben jedes jungen Dichters sich denken, oder allenfalls finden kann, daß z. E. ihm

der

der Geschmack der Bartolisten nicht anstand,
daß er sich darüber auf seine Art äußerte, daß
ihm die schöne Literatur in Italien wohlbehagte,
daß er von allen, die seine Talente kannten, geschätzt wurde, u. s. w. Eben da er in Italien
den Rechten oblag, kam ihm ein Umstand ganz
andrer Art in den Weg, Ihn als den, der Er
war, zu zeigen und zu üben. Der Herzog in
Würtenberg hatte seinen Vetter Johann von
Hutten mit eigner Hand im Walde umgebracht:
und nun ließ Hutten, der eben so sehr Edelmann,
und Geschlechtsvertheidiger als Deutscher und
Freiheitvertheidiger war, Klagen, Briefe,
Deplorationen, endlich fünf Invektiven gegen den Mörder ausgehn, die, als wahre De-
mosthenesreden von Herz und Seele, die
Sprache der Unschuld und Rache sprachen und gegen einen Thäter, der Herzog war, alles zu Hülfe nahmen. c) Weiterhin werden wir unsern De-

Y 2

mosthe-

c) Vor einer Sammlung dieser Schriften sagt er:

Sei

mosthenes im wirklichen Feldzuge gegen seinen
Feind sehen, da sein Freund, der gerechte und edle
Sickingen des Schwäbischen Bundes Haupt
war. Hier bemerken wir nur, daß die Stimme,
die sich jetzt für ein ungehörtes Bruderblut erhob,
bald zu Kayser und Reich über allgemeinere Ange-
legenheiten rufen sollte, und sich an einem so sonderbaren tragischen Familien-Vorfall zum Voraus gleichsam nur üben mußte. — In diesem Jahr

Sei nicht, o Leser, von zu zartem Ohr;
sonst ist die herbe Speise nicht für dich.
Ein hartes Werk beginnen wir, und hart
sind unsre Worte: denn auch Er war hart,
auf den wir treffen und hart seine That.
Wenn du dies Bändchen liesest, denk': es schrei't
in ihm unschuldig-ungerächtes Blut.

Und am Ende des Buchs sagt er:

Hassen, o Leser, kannst du mein Buch nicht; nur den Tyrannen
kannst du hassen und mußt, wer du vom Volke auch
seyst.
Hassenswerth ist die That, und hassenswerth, der sie übte;
aber verdienet der, der sie verkündiget, Haß?

Redlich für die Sache.
Hutten.

Jahr 1515 starb Hutten auch sein Freund, Erretter und Beförderer, von Stain, und nun ging seine zweite Laufbahn an.

*          *          *

Schon sein Gespräch gegen Ulrich: Phalarismus, Dialogus Huttenicus, hatte er mit dem Wort geschloßen, das nachher auch in andrer Absicht sein Wahlspruch werden muste: jacta est alea! **ich habs gewagt!** Schon diesen Dialog endete er mit den Worten: exoriare aliquis nostris ex ossibus vltor! Und nun drang ihm die Beklemmung, in der damals die Ehre und das Licht Deutschlands, ein verdienter Mann von mehr als Einer Seite, Reuchlin, war, zu Herzen: er machte sich mit seinem Schul= und Busenfreunde Crotus auf, ihm gegen den Ketzermeister Hochstraaten und mehrere Fakultäten privilegirter Verfolger, die rechtlich wüteten, durch ein Mittel zu helfen, das mehr als eine Deduktion wirkte, er schrieb die Epistolas obscuro-

rum virorum. Daß Crotus daran Theil gehabt,
ist unläugbar; sie aber deswegen, weil Crotus
mitgeholfen, dem Hutten ganz absprechen zu wol⸗
len, ist eben so unnoth, als sie gar dem Eras⸗
mus zuzuschreiben, der unter allen Sterblichen
sie wohl am wenigsten schreiben wollte.

Kurz, diese Schrift Huttens überwand für
Reuchlin mit. Sie traf so scharf, schied Mark
und Bein, stellte die Pfefferkorne, Ortuini und
alle ihres Gelichters so ganz dar, daß es weiter
keines Läugnens bedorfte. Unglaubliche Würkung
machte diese Schrift, als sie erschien; auch aus⸗
wärtige Nationen schätzten sie, obgleich für sie
die feinste Spitze des Salzes verlohren gieng:
denn das Deutschlatein, die deutschen
Mönchsgelahrten Sitten, sind in ihr das Haupt⸗
werk; eine Nationalsatyre voll Geist, Feuer,
Witz und äußerst genauer, treffender Detailwahr⸗
heit. d)

Ende

d) Ob diese Briefe, und mehrere Huttensche Gesprä⸗
che, die in der Sammlung Pasquillorum l. 2 Eleuthe-
rop.

Endlich endigte Sickingen was Hutten ange-
fangen hatte, und sprach mit diesen Leuten, wie
man mit ihnen reden mußte. Sie krochen zu
Kreuz, und Reuchlin hatte in seinem Alter Ruhe.
— Der Bruder Ketzermacher, Hochstraten, ge-

Y 4      gen

rop. 1544. stehen, Pasquille oder Satyren sind? muß
nicht aus dem Geist unsrer, sondern der damaligen
Zeit entschieden werden. Wie manches, selbst in
den Schriften Luthers und Erasmus würde jetzt nicht
geschrieben! Daß Hutten aber, wie Bayle vermu-
thet, wenn er noch dreißig Jahre gelebt hätte, ganz
Europa mit Pasquillen würde überschwemmet haben,
glaube ich nicht. In allen seinen Schriften zeigt
sich oft zwar ein hitziger und brausender, nie aber ein
unedler Geist, und daß in Huttens, wie in des freilich vorsichtigern Erasmus Schriften viel Attischen
Spottes sei, ist unläugbar. Nur weil Hutten die
Sache, die er trieb, so tief zu Herzen nahm, war
sein Salz scharf; er wollte nicht etwa nur vergnügen, sondern ändern, beßern, zuletzt auch rächen;
und dann hat leider von selbst der Spott ein Ende.
Sein vir bonus, seine intercessio pro Capnione, der
Heroische Gesang in triumphum Jo. Reuchlin, seine
Schriften an den Kaiser, seine Germania, sein Armi-
nius sind voll der wärmsten, edelsten Stellen; und
überhaupt gehöret nicht jede Production der Erde in
die Zeit und Stunde, in der sie erscheinet?

gen den auch in Luthers Schriften die Deutsche Wahrheit zu lesen ist, soll einmal Hutten in den Niederlanden begegnet, ihm vor Schrecken und Angst zu Fuße gefallen seyn und seine arme Seele schon allen Heiligen mit dem Stoßseufzer empfohlen haben: „Leben wir so leben wir dem Herrn ꝛc." „An dir verunreinige ich mein Schwerdt nicht," sagt Hutten, und ließ ihn gehen.

*　　*　　*

Als Hutten zum drittenmal aus Italien kam, war sein Ruhm in der schönsten Blüthe. Da jauchzten ihm alle Freunde der Wissenschaften zu und priesen ihn, den siegenden Reuchlinisten. Erasmus lobte ihn als einen Mann, desgleichen nicht gewesen: e) seine Freunde, insonderheit

e) Auch Huttens erklärter Feind könnte die ungemeine Lebhaftigkeit, Stärke und Biegsamkeit seinem Lateinischen Styl nicht absprechen. In Reden, selbst den heftigsten Reden, in Gesprächen, Briefen, Gedichten, und zwar in Gedichten mehrerer Gattung ist dies

heit der redliche **Pirkhaimer**, (Nürnbergs verdienter Patricius, Dürers und aller Guten Freund,)
empfahlen ihn Maximilian, der ihn in Augsburg
mit eigner Hand zum Dichter mit einem Kranze
krönte, den seines Freundes Pirkhaimers Tochter
ihm gewunden hatte.   Hier war er mit im Ge-

Y 5                    fol-

dieser jedesmal, was er Ihm seyn sollte. Den Livius
stellte er, vermehrt, aus einer gefundenen Handschrift her; und jede Beute der schönen und nützlichen Litteratur lag ihm am Herzen.   Sein Streit
gegen das Papstthum war auf Geschichte gegründet,
und er gieng hierinn rein zu Werke; auch hatte er An-
fangs auf Luther nicht die mindeste Rücksicht.   Er,
wie Luther, hatte den Funken, der sie anglühte,
aus Italien selbst geholet.   Zu läugnen ist indessen
nicht, daß in dieser Flamme, auch ohne die mindeste
Religionsabsicht,   bei Hutten mitunter ein wildes
Feuer brannte; und dieses war, auch seine Jahre
abgerechnet, der Rittergeist seiner Zeiten.   Er war
ein Fränkischer Edelmann, im Kriege frühe gebildet;
er glaubte, wie mit dem Schwerdt, so auch mit der
Feder kämpfen und sich auf gleichgetheiltes Licht, auf
einen offenen, freien Kampfplatz verlassen zu können.
Leider aber war dies der Fall nicht.   Er kämpfte mit
einer unsichtbaren, weit überwiegenden Macht, und
mußte erliegen.

folge des Kurfürsten von Mainz auf dem Reichs:
tage, hatte gute Hoffnungen zu des Kaisers Hofe,
und seine Jugendphantasie träumte lebhaft, „was
„er ausrichten, vollenden würde!„ Man lese
den langen Brief, den er an Pirkhaimer schrieb,
als dieser ihm die Einsamkeit auf seinem Fränki:
schen Ritterschloße anrieth. Burkhard, ein um
Hutten sehr verdienter Mann, hat diesen Brief
herausgegeben und commentirt; er zeigt, daß,
ohngeachtet seiner schwächlichen Gesundheit, Hut:
ten damals noch Alles lachte. Da schrieb er wie
in einem Feuerstrom die Rede: Ad principes
Germaniae, vt bellum Turcis invehant, Exhor-
tatoria, in der, so viel dem Kaiser am Inhalte
lag, doch einige zu warme Stellen weg mußten.
Damals lebte der Hof und was sich am Hofe
Maximilians und Alberts für Deutschland thun
ließe, in seiner Seele: jede Blüthe irgend eines
schönen Genies, in welcher Nation sie auch auf:
sprießen mochte, Buddäus, Oecolampadius, Pirk:
haimer, Faber, Erasmus, Copus, Ruellius,

vers

vergnügte ihn so lebhaft, als ob alle diese Männer seine Brüder, Mitarbeiter zu Einem Werke,
wären. — Das wahre Kennzeichen umfassend-
großer Seelen! An Luther, der damals vor
Cajetan zu Augsburg stand, nahm er noch nicht
Theil, vermuthlich weil er seine Sache nur als
eine theologische Streitigkeit ansah, und ihn noch
nicht kannte. Daß indessen schon damals in Hutten die ganze Flamme gelodert, die ihm späterhin Luthern so theuer machte, zeigt die lange
Dedikation, womit er des Laurentius Valla
Schrift: „über die erlogne Schenkung Konstan-
tins„ dem Papst Leo selbst zu übergeben sich ge-
traute. Ein rechter Jugend-Helden- oder Eulen-
spiegelstreich in Huttens Leben. Er thats mit so vielem Lobe dieses, und mit so bitterm Tadel des vorigen
Papstes, dabei auch mit einem so lauten Geschrey für
die Freiheit der Deutschen gegen des Papstes Ansprü-
che, daß er sich entweder das größte Wunder zutrauen,
oder den bittersten Haß des Papsts erwarten mußte.

Den

Den er denn auch froh erwartete; nur daß er sich
an Albert, am Kaiser, an den Fürsten und Ständen des Reichs desto mehr irrte, und für seine
gute, wahre, gerechte, gerecht anerkannte Sache
von ihnen viel zu viel hoffte.

Hutten bahnte also Luthern unwissend den
Weg, und half ihm nachher, da er ihn kannte,
treulich. Nur lief es freilich nicht nach Huttens
Sinne. f) Der Kaiser starb: Hutten folgte dem
Kur-

f) Luthers Ausspräche von Hutten zeigen von dem grof-
fen Verstande des biedern Mannes, und wie besser
Er, als Hutten, die Welt kannte. Huttenus et
multi alii fortiter scribunt pro me, et parantur in
dies cantica, quae Babilonem istam parum delec-
tabunt. — Hutten literas ad me dedit, ingenti spi-
ritu aestuantes in R. Pontificem, scribens se iam et
literis et armis in tyrannidem sacerdotalem ruere
— —Quid Huttenus petat, vides; nollem vi et cae-
de pro evangelio certari. Melanchthon, nach seiner
Gemüthsart fürchtete Hutten. Vt virum magni face-
re et admirari propter doctrinae eruditionem et prae-
stantiam ingenii, sic ab illius natura vehemente et
excelso animo et voluntate ad novas res propensae
non

Kurfürst Albert nach Mainz, wo er in Ruhe des
Hoflebens einige seiner besten Dialogen verfertigt
hat; aber dies Leben war am Ende für ihn nicht.
Lieber gieng er mit Sickingen gegen den Herzog
Ulrich zu Felde, zog drauf auf sein Schloß Sta-
ckelbergk, und vollendete seine Dialogen über
Glück, Fieber und Papstthum. Dies letzte
Gespräch hieß: „Die Römische Dreyfaltigkeit,,
und es ist unbegreiflich, wie dasselbe nicht blos in
Mainz öffentlich gedruckt werden, sondern auch
der Verfasser nachher frei am Mainzischen Hofe
und in Gnade des Kurfürsten seyn konnte. Freilich nicht lange: denn bald kam der schärffste Befehl aus Rom, „daß ein so frecher Sünder, als
„Hutten, gegen den die Theologisten in Kölln
„längst die Bulle wegen der Episteln obsc. vir. in
„Händen gehabt, und der fortführe, von der
„Römischen Dreyeinigkeit selbst in Mainz zu
„schrei-

non nihil timere P. Melanchthonem licuit animad-
vertere, sagt Camerarius im Leben Melanchthons.
Dies alles war in seiner Ordnung.

„schreiben, nichts anders, als in Ketten nach
„Rom geführt zu werden, verdiene.„, Zu diesem
edeln Werke ward nun Alles mit aller Schärfe
aufgeboten, und Hutten hatte keinen Beschützer.
Albert konnte und dorfte dies nicht seyn: zum Erz-
herzoge Ferdinand schrie Hutten laut, aber vergebens: noch lauter an Kaiser Karl, an die
ganze Deutsche Nation; vergebens. Er hatte
Herz genug an Kaiser Karls Hof nach den Niederlanden selbst zu gehen, aber umsonst: er fand
kein Gehör: Dolche, Meuchelmörder, Ketten
und Banden erwarteten ihn allenthalben. Und
immer blieb Hutten unerschüttert derselbe.
Man schaudert, wenn man seine Briefe, Reden
und Auffoderungen an Ferdinand, Karl, Albert, Friedrich von Sachsen, an alle Stände des Reichs lieset. Hier erscheint Deutschlands
Demosthenes in seiner Größe. Wahrheit,
Freiheit, Stand, Ruhm, Noth, Vaterland,
Alle läßt er sprechen, rufen, klagen. Die fünf
Klagschriften sind ins Deutsche übersetzt, mit dem
Bei-

Beiwort: „ein großes Ding die Wahrheit! stark „über Alles!„  Er hätte aber lange rufen können, wenn ihm nicht sein alter ungerufener Freund, Franz von Sickingen, ein Mann, dessen Name Deutschland zu den edelsten Römern stellen kann, wenn der ihm nicht mit gewohnter Hand Schutz und Freistadt gegeben hätte.  Hier leider! geht der dritte Theil von Huttens Leben an, und Gottlob, daß dieser nicht lange dauret.

*      *      *

In seines Freundes Sickingens Schloß, Ebernburg am Main, fand Der also eine Freystadt, der sie nirgend, auch auf seinen eignen Gütern nicht mehr fand.  Nach Frankreich ward er geladen, aber er wollte Deutschland nicht verlassen, dessen Sache er jezt eben am eifrigsten, fröhlichsten, freysten forttrieb.  In Ebernburg schrieb er: „die Anzeige, wie sich allweg der Papst gegen den Kaiser gehalten:„ er commentirte die Bulle des Papsts gegen Luther mit Noten, schrieb neue Dialogen, Invectiven, Aufmun

munterungen, Aufweckungen, Briefe, Bekla-
„gung der Freystädte teutscher Nation, lebendige
„Abkonterfactur des Pabstthums“ u. s. w.„ jedes
Stück immer stärker, lebendiger, mächtiger, wahrer als das was vorangieng.   Jezt schlug er sich
zu Luther, munterte ihn auf, bot sich und seinen
Sickingen zu allem an.   Schon dieses Sickingen
wegen wird dieser Theil von Huttens Leben und
Schriften außerordentlich merkwürdig.   Allemal
wenn er an ihn denkt, wenn er ihn nur in Einem
Wort, Einer That anführet,  sieht man den ganzen Biedermann vor sich.   Ihm und dem großen
Haufen des deutschen Volks zu gut schrieb Hutten izt deutsch, übersetzte seine besten lateinischen
Gespräche für seinen Freund Sickingen, der sich
auch Luthers Schriften beym Abendessen und
müßigen Stunden verlesen ließ, und denn gewöhnlich wahre Ritter-Worte drauf setzte.   Höre
man eine Zueignung Huttens an ihn, in der
beyde geschildert werden, wie sie waren:


„Dem

„Dem edlen, hochberühmten, starkmüthigen
„und Ehrenvesten Franz von Sickingen, Kaiſ.
„Majeſt. Rath, Diener und Hauptmann, meis
„nem beſondern vertrauten und treflichen guten
„Freund, entbeut ich Ulrich von Hutten meinen
„freundlichen Gruß und willigen Dienſt.“

„Ohn Urſach iſt das Sprüchwort: in Nöthen
„erkennt man den Freund, nicht in Gebrauch koms
„men. Wahrlich darf niemand ſagen, daß er
„mit einem Freund verwahret ſey, er hab ihn
„denn in ſeinen nothdürftigen anliegenden Sachen,
„dermaßen daß er ihn inwendig und auswendig
„kenne, verſucht und geprüft. Wiewohl nun der
„glückſelig zu achten, dem nie vonnöthen ward,
„einen Freund dieſer Geſtalt zu probiren, mögen
„doch auch ſich die der Gnaden Gottes berühmen,
„ſo in ihren Nöthen beſtändige und harthaltende
„Freund' erfunden haben. Unter welchen ich mich
„denn nicht wenig Gott und dem Glück zu bedans
„ken hab. Denn als ich auf das äußerſt an Leib,
„Ehren und Gut von meinen Feinden genöthigt,

3

„ſo

„so ungestümlich, daß ich kaum Freund' anzurufen
„Zeit gehabt, bist Du mir nicht, als oft geschieht,
„mit tröstlichen Worten, sondern hülftragender
„That begegnet, ja mag ich, als das Sprüch:
„wort ist, sagen, vom Himmel herab zuge:
„fallen — Der nicht geachtet, was ein jeder
„von meinen Sachen rede, sondern sie an ihr
„selbst Gestalt beherzigt.  Hast dich nicht durch
„Schrecken meiner Widerwärtigen von Verfech:
„tung der Unschuld abziehen lassen, sondern aus
„Liebe der Wahrheit und Erbarmnüß meiner Ver:
„gewaltigung für und für über mir gehalten. Und
„da mir aus Größe der Fahr die Städt verschlos:
„sen gewest, alsbald deine Häuser, die ich aus
„der und andern Ursachen Herbergen der Ge:
„rechtigkeit nennen mag, aufgethan, und also
„die angefochtene und verjagte Wahrheit in die
„Schoos deiner Hülf empfangen,  und in den
„Armen deiner Beschirmung gar kecklich gehalten.
„Daraus denn gefolgt, daß ich in meinem Für:

„satz

„ſatz, den auch Du ehrbar und redlich nenneſt,
„nicht wenig geſtärkt; alle Gelehrten und Kunſt-
„liebenden D. Nation ſich in Freuden und Froh-
„locken erhaben, und gleich als nach einem trü-
„ben Wetter von der Freudenreichen Sonne er-
„quickt worden. Dagegen die boshaftigen Kur-
„tiſanen und Romaniſten, die mich verlaſſen ge-
„meynt, und derhalben nahet einen Triumph von
„mir geführt hätten, da ſie geſehn, daß ich mich
„an eine veſte unerſchütterte Wand gelehnt
„hab’, ihren Stolz und Uebermuth gegen mir
„etwa niedergelaſſen, ſich faſt ingethan und klei-
„nes Lauts worden. Für ſolche deine Wohlthat
„dir gnugſamen Dank zu ſagen, hab’ ich nicht
„Mangel an Gemüth und Willen, ſondern am
„Glück und Vermögen. Wird mir aber je eine
„beſſere Zeit erſcheinen, und ſich Aenderung des
„Glücks (als denn meine freye Hoffnung zu Gott
„iſt) begeben, will ich dir allem Vermögen nach
„u. ſ. f. auch

Z 2

Wo

**Wo etwas meine Schrift vermag**
**Dein Lob muß sterben keinen Tag.**

„Denn ohn Schmeicheln und Liebkosen zu reden
„bist Du, der zu dieser Zeit, da jedermann be=
„däucht, deutscher Adel hätte etwas an Streng=
„heit der Gemüther abgenommen, dich dermaſſen
„erzeigt und bewiesen hat, daß man sehen mag,
„deutsch Blut sey noch nicht versiegen, noch das
„Adlich Gewächs deutscher Tugend ganz ausge=
„wurzelt.   Und ist zu wünschen und zu bitten,
„daß Gott unserm Haupt Kaiser Karlen deiner
„tugendhaftigen unerschrocknen Muthsamkeit Er=
„känntniß ingebe, damit er dich deiner Geschick=
„lichkeit nach in hohen treflichen seinen Händeln,
„das Römisch Reich oder auch ganze Christenheit
„betreffend, so mit Rath und der That brauche.
„Denn alsdann würde Frucht deiner Tugend zu
„weiterem Nuß kommen.   Fürwahr einen sol=
„chen Muth sollt man nicht ruhen noch inwendig
„Bezirks kleiner Sachen gebraucht werden laſſen.

„Aber

„Aber ich hab mir nicht fürgenommen, in dieſer
„Vorred dein Lob zu beſchreiben, ſondern einmal
„meinem Herzen, das geſteckt voll guter Gedan-
„ken und freundlicher Gutwilligkeit iſt, Luſt zu
„geben. Schenk dir zu dieſem neuen Jahr die
„nachfolgende meiner Büchlein, und wünſch dir
„damit nicht, als wie oft unſere Freunde pflegen,
„eine frölliche ſanfte Ruh, ſondern große, ernſt-
„liche, tapfere und arbeitſame Geſchäft, darinn
„du vielen Menſchen zu gut, dein ſtolzes heldiſch
„Gemüth brauchen und üben mögeſt, u. ſ. 1521.„

So war Freund zu Freund. Seit Hutten
bey dieſem Freunde war, ſchrieb er **fürs Volk,**
hie und da auch in Volksreimen. Wenn ſie uns
Knüttelverſe dünken, ſo waren ſies damals nicht:
ſie waren Verſe, die das Volk leſen und behalten
ſollte; daher beſetzte er hie und da auch andre ſeiner Werke mit ſolchen Reimen.

Die Wahrheit iſt von neu gebohren,
Betrug hat ſeinen Schein verlohren,

Deß sag Gott jeder Lob und Ehr
Und acht nicht förder Lügen mehr.
Ja, sag' ich, Wahrheit war verdrückt,
Ist wieder nun hervorgerückt,
Deß sollt man billig genießen lon,
Die dazu haben Arbeit gethon.
Die faulen Pfaffen lobens nit — —
Ach fromme Deutschen haltet Rath,
Da's nun so weit gegangen hat,
Daß nicht geh wieder hinter sich.
Mit Treue hab's gefördert ich,
Und begehr deß anders keinen Genieß.
Denn — wo mir g'schäh deßhalb Verdrieß —
Daß man mit Hülf mich nicht verläßt,
So will ich auch geloben, daß
Von Wahrheit ich will nimmer lahn,
Das soll mir bieten ab kein Mann.
Auch schafft, zu stillen mich, kein Wehr,
Kein Bann, kein' Acht, wie fest und sehr
Man mich damit zu schrecken meint.

Wie

Wiewohl mein' fromme Mutter weint,
Da ich die Sach hatt g'fangen an,
Gott woll sie trösten! Es muß gahn,
Und sollt es brechen auch fürm End,
Wills Gott, so mags nicht werden gwendt.
Drum will ich brauchen Füß und Händ'.
Ich habs gewagt!

Ich weiß, fängt er in der Beklagung der Freystäte Deutscher Nation an:

Ich weiß, ich werd noch Lands verjagt,
Um daß ich solchs nicht schweigen kann,
Und nehm des Dings allein mich an.
Doch ist es wahr; und ist nicht recht,
Daß man woll machen krumm zu schlecht. —

Die traurige Weißagung ward bald erfüllet. Das Jahr darauf fiengen Sickingens Sachen übel zu gehn an, und 1523 im May starb der edle Held auf folgende unwürdige Weise:

Z 4

Sickin-

Sickingen hatte einen Zug zu thun gegen den Herzog von Lothringen, Erzbischof von Trier, Kurfürst von der Pfalz, Landgraf von Hessen. Ein Ritter gegen die Fürsten des ganzen Rheins. Er war alt, mit Gicht behaftet, konnte nicht mehr aufs Pferd, mußte in einem Seßel getragen werden, und da rotteten sich gegen den alten Löwen ein Haufe andrer Thiere. Höre man ihn selbst, wie er redet:

„Mein lieben Brüder und Nachbarn, warum „kommt ihr wider mich zu fechten und streiten? „Nun bin ich doch mit euch dran. Ich begehr „euch zu erlösen von dem schweren entchristlichen „Joch und Gesetz der Pfafheit, und zu evangeli„schen lichten Gesetzen und Christlicher Freyheit „zu bringen. So wollt ihr das nicht leiden, thut, „als der den fallenden Siechtag hat, will nicht, „daß man ihm helf, daß er nicht verderbe. Den„ket, daß ihr wider Christum und sein Evange„lium streitet und nicht wider mich. Um des

„Evan-

„Evangeliums willen will ich den Tod nicht flie=
„hen.   Gotts Will geschehe.   Amen.‟

Dem Adel, den obige Fürsten gegen ihn er=
regt hatten, schrieb er:„ O vesten, edlen, lieben
„Mitbrüder, wollt Gott, ihr hätt euch baß be=
„dacht! Warum zieht ihr wider Euch, Eure Kin=
„der und Kindskinder? Warum zerreißet ihr Eure
„Freyheit und wollt Knecht' und Gefangene der
„Beschornen seyn? Denkt ihr nicht, wenn
„Franz überwunden wird mit seinem Anhang,
„wie man darnach Euch wird ein Zaum und Biß
„in das Maul legen und Euch führen, wo N. hin
„wollen? Ihr wollet denen helfen, die den deut=
„schen Adel verderbt haben mit Lügen, eure väter=
„liche Güter an sich gezogen, als sind die bescho=
„ren Knaben, die Stift und Klöster.   Ihr und
„die Euren mangelt: sie leben im Saus, verthun
„das Eure mit Huren, Hoffart, Vollerey, Bü=
„berey; wollt ihr Euer Leben für die setzen? Ja
„sie wollen unsre Seelen auch verderben, so sie

Z 5

„uns

„uns das Evangelium Christi und Wort Gottes
„nicht lassen predigen, auch selber nicht predigen,
„und ertränken unsre Seelen mit ihren eignen
„Träumen, Fündlein, Gesetzen und Lehren,
„gleißenden Worten. Wollt Gott, daß ihr der
„Sach noch nachgedächtet, so werden ihr Fran-
„cisco N. beystehn. Gotts Will gescheh, Amen.
„All Sieg von Gott." So dachte Franz: dafür
stritt er. Da ward er in seinem Alter von vier
Fürsten und einem großen Rott Adels in seinem
Schloß Landstein zulezt umringt, von einer Kugel,
die sie ins Schloß schossen, auf der Mauer getroffen, lebte noch 24 Stunden, hörte die Fürsten und Herren alle sehr freundlich zu ihm sprechen, und starb. Als Luther von seinem Tode
hörte, wollte ers zuerst nicht glauben. Da die
Nachricht sich bestätigte, ward er tiefsinnig und
brach aus: „Der Herr ist gerecht, aber wunder-
„bar. Er will seinem Evangelium nicht mit dem
„Schwert helfen." Wie alle Guten den Tod

dies

dieses Mannes betrauert haben, bedarf keines Worts. Er war und fiel wie *Brutus*; Und nicht um ein Phantom politischer Freyheit fiel er, sondern um Wahrheit, Licht, Recht, Billigkeit, den Gebrauch und Genuß der edelsten Güter des Menschengeschlechtes.

Die meisten Aufklärer des südlichen Deutschlands, aus dem wie bekannt ist, in den Hülfswissenschaften das meiste Licht ausgieng, hat er geschüzt, ernährt, beherberget, verfochten: *Aquila, Patricius, Bucer, Schwebel, Reuchlin, Oecolampadius.* *Luthern* selbst lud er mehr als einmal zu sich ein; sein Freund *Hutten* hat ihn nur drey Monathe überlebet.

Mit gebrochnem Herzen gieng dieser der Schweiz zu, Rettung zu suchen; fand aber unterwegs zum Unglück noch einen ehemaligen Freund, der ihm völlig das Herz brach. *Erasmus* war eben auch zu *Basel*; der scheuete und verläugnete nun nicht blos den armen, vertrieb-

nen,

nen, oder wie er sich ausdrückte, schäbichten Edel:
mann, den er vormals zum Himmel erhoben hat:
te; g) sondern wollte auf der andern Seite gegen
Hut:

g) Quod Hutteni colloquium *deprecabar*, non invidiae
metus tantum in cauſſa fuit; erat aliud quiddam,
quod tamen in *ſpongia* non attigi. Ille *egens et om-
nibus rebus deſtitutus* quaerebat *nidum aliquem, ubi
moraretur*. Erat mihi *glorioſus ille miles cum ſua
ſcabie in aedes recipiendus*. So ſchrieb Erasmus an
Melanchthon; und zu eben der Zeit an einen andern:
Fuit Huttenus paucorum dierum hoſpes: interim nec
ille me adiit, nec ego illum. Et tamen ſi me conve-
niſſet, non repuliſſem hominem a colloquio. Den
Brief, den Erasmus an Hutten den Tag vor Oſtern
1523. ſchrieb, kann man bei Wagenſeil (Hutten. opp.
Lipſ. 1783. S. 328) den Brief, den er an den Zürcher:
Rath unterm 10. Aug. 1523. alſo wenige Tage vor Hut:
tens Tode ſchrieb, kann man in Schubarts Ulrich von
Hutten S. 146. leſen. Im letzten warnt er den Rath,
und zwar eines Büchleins wegen, das Hutten gegen
ihn ſchreibe (und Erasmus noch nicht geſehen hatte,) vor
dem verbannten, äußerſt dürftigen, Todkranken Manne
als dem gefährlichſten Ruheſtörer. Er will es ihm
zwar nicht „verbunnen, daß die Gütigkeit des Zürcher:
„raths ihn dort lieſſe wohnen,„ räth den Herren aber
ſehr

Huttens Freunde auch nicht sein Feind heißen,
schob es auf Huttens Krankheit, daß er ihn nicht
gesprochen, u. s. w. Da trat Hutten auf und
expostulirte öffentlich mit ihm, daß das Alles
Lug

sehr an, seinen Muthwillen ein wenig zu zähmen,
damit würden sie nicht sowohl ihm, als andern
Künsten, die dadurch befleckt sind, einen grossen
Dienst und Nutzen beweisen.„ Hutten bat sich Eras=
mus Schreiben noch unterm 15. Aug. zur Verantwortung
aus; und den 29. Aug. starb er. Ein Zürcher Ge=
lehrter sollte Erasmus Briefe an Zwingli bekannt
machen, in denen um diese Zeit gewiß auch von Hut=
ten manches vorkommen wird. Tantae animis coelesti=
bus irae! —

Rückst du dem Unglückseligen noch sein trauriges Schicksal
      Vor, als wäre das Glück, wäre der Zufall ein Gott?
Ward Aeneas nicht auch und Ulysses lange verfolget?
      Und war Jener und Er nicht ein rechtschaffener Mann?
Der du das Unglück nur als Schuld betrachtest, o fürchte,
      Daß auch Deiner sich einst Niemand im Leiden erbarmt.
                                        Hutten.

Melanchthon dachte hiebei billiger und gerechter. Als
der Poet Nachtigall (Luscinius) den todten Hutten
mit Versen verfolgte, sagte er auf ihn die Verse:
Der du, o Grausamer noch, unglückliche Leichen zerreißest,
      Nenne dich Nachtigall nicht, nenne dich Geier hinfort.

Lug und Trug sey; er sey täglich ausgangen, habe auf dem Markt mit Jedem Stundenlang gesprochen, Erasmus habe ihm die Thür geschloßen,
u. s. Als Erasmus hörte, daß die Expostulation
unter der Preße sey: kam er zurück, streichelte
Hutten, wunderte sich, sprach von alter Freundschaft, rückte ihm sein nacktes Elend auf, hatte
gar Herz gnug, einem Verlaßenen und Vertrie-
benen zu drohen; aber Hutten kehrte sich dran
nicht. Die Expostulation erschien, und nun kam
Erasmus, mit einem höflichem Schwamm (Spon-
gia) den Flecken abzuwischen. So leicht ließ sich
dies aber nicht thun; Luther, Melanchthon ꝛc.
haßten den Schwamm und sagten, er habe nicht
blos Hutten, sondern das ganze Lutherthum mit
Koth besprützen wollen: denn nun sollte es das
Lutherthum gewesen seyn, das dem Erasmus
und den Musen ihren Freund geraubet.
Was das Aergste ist, haben Einige gar geglaubt,
Hutten sey an diesem Schwamm, (den er vielleicht

leicht nicht einmal mehr gesehen), erstickt; Er, der an viel härterer Speise nicht zu ersticken pflegte; ja dem, wenn er länger gelebt hätte, dieser Schwamm wohl zu statten gekommen wäre.

Ein Höherer entriß ihn dem Bann und der Acht, offenen Feinden und falschen Freunden; er stárb End' Augusts 1523 im 36 Jahr seines Alters. Ufnort heißt die kleine Insel im Zücher-see, wo er im Gebiet des Zürcher-Raths Schutz und bey einem armen Pfarrer Pflege, Aerzung fand, und Ruhestäte. Schiffe hinüber, reisender Jüngling, und suche sein Grab und sage: „Hier liegt der Sprecher für die Deutsche Nation, „Freyheit und Wahrheit, der für sie mehr als „Sprecher seyn wollte." Eine Grenzinsel hat ihm ein unbekanntes Grab gegeben.

*　*　*

Das unbekannte Grab wäre nun zwar ein so grosses Uebel nicht; vielmehr ist dieses in der Ordnung. Auf marmorne Denkmale müssen die

Gu-

Guten und Edeln keiner Nation rechnen. Muß
te im siebenjährigen Kriege nicht ein Ausländer
kommen, und in der Stadt, wo Leibniz liegt,
nach Leibniz Grabe fragen? Und Niemand
wußts, als ein alter Küster, der es ihm, wie der
Todtengräber eines Bettlers Grab, mit glattem
Steine zeigte. Dem verbanneten Hutten ist die
Todesstäte selbst, die Insel auf dem Zür-
chersee, sein Ehrendenkmal.

In anderm Sinn aber möchte ich Luthers
Wort wiederholen: „Wir Deutsche sind Deutsche!„ nemlich: Auch **Huttens** Schriften sind verstoben: in drei Jahrhunderten
hat niemand sie noch gesammlet. Viele haben
Hand angelegt, sie herauszugeben; immer aber
kam ein böser Zufall dazwischen. Und da die
meisten nur einzelne Bogen und kleine Stücke sind, viele auf Sickingens Schloß gedruckt,
von Feinden zerrissen, (sein Bild hatten die Kar-
theuser zu Schlettstadt zu einem Gebrauch angewandt,

wandt, dafür sie 1000 Goldgülden, A**geld, an Sickingen erlegen mußten;) so ists gerade, als ob sie ganz aus der Welt wären. Und so sind unsres Landsmannes, Mitreformators, Freiheitredners, des Demosthenes unsrer Nation Schriften grossentheils im Staube geblieben.

Und was fehlte Huttens Schriften, daß man sie nicht aufleben ließe und erhielte? Als Beyträge zur Reformation hat man ja die schlechtesten Lumpen gesammlet, von Wiedertäufern, Kritikastern, und Helfershelfern; hier ist ein Reformator selbst, der in seinem Fache eher als Luther begann, und ihm nachher so treu half, so manches für ihn ausrichtete, so viel für ihn litt! Will man einen schönen Lateiner? Wer schreibt schöner, kräftiger, und blühender Latein, als Hutten? Erasmus und Melanchthon haben ihn deßhalb beneidet, die Italiener geschätzet, alle freye und heitere Musenfreunde geliebet. Soll also dieser edle Lateiner, eine Blüthe des wiederkehrenden Geschmacks so gut als untergegangen seyn und ferner im Staube modern? — Will man endlich einen Mann von Genie, von Gefühl, von edlem starkem



Trie-

Triebe, einen Mann von Laune, Satyre, Salz? man beklagt, daß gegen Ausländer Deutschland deren nicht genug habe — und man wollte Hutten vergessen? Vermuthlich soll wieder ein Franzose, ein Italiener kommen, und uns seine Schriften, wie die Schriften unsres Leibnitz sammlen?

Tritt auf, Mann und Jüngling, der werth ist, Huttens Gebeine zu wecken! Mehr als ein Verleger würde die Hand bieten, alle guten Jünglinge sich einige Groschen zum Kauf oder zur Pränumeration ersparen, und in 2, 3 Bändchen bekämen wir unsern Hutten. Wäre dies Blatt so glücklich in die Hände dessen zu kommen, der bereits eine gute Sammlung gemacht hätte und sich mit andern über das vereinigen wollte, was ihm an Huttens Schriften etwa noch fehlet; wie würd' ich mich freuen, daß ich zu diesem Werke geholfen!

*       *       *

Hutten schrieb an Luthern einmal: „Dein „Werk, heiliger Mann, ist aus Gott, und wird „bleiben: meins ist menschlich und wird unter„gehn." Die Worte erschüttern, eben weil sie so wahr sind. Huttens und Sickingens Werk gieng

unter

unter. Es war damals ein Zeitpunkt, daß
Deutschland andre Gestalt gewinnen konnte:
mehrere Gute strebten; es sollte nicht seyn:
die Vorsehung hatte es anders beschlossen: sie
giengen im Schiffbruch unter: sie erloschen wie
Sterne in dunkler Nacht. Aber bey wem, als
Undankbaren, sollte ihr Andenken erlöschen?
Liegt in ihrem Untergange, sammt Dem, Was sie
und Wie sie es wollten, nicht eben die größte Lehre?

Huttens Schatte, sei mir gegrüßt! Du Asche
    des Dichters,
Dem eine Insel im See endlich die Ruhe ge=
    währt,
Sei mir gegrüßet, o Freund. Das hast du dir
    mühend errungen,
Ruh' im Grabe. Wohlan! gieb sie dem Tod=
    ten, o Grab.
Nimm die Veilchen, die hier ich dir streue, nimm
    auch die Thränen,
Tapfrer Ritter! Der Tod, Er nur gewährte
    dir Glück.
Glücklich im Tode, bist du; du siehst die größeren
    Uebel

 Dei=

Deines Landes nicht mehr, (dem du, ein Ră-
cher, erschienst;)
Seit ein höheres Vaterland, der Himmel, dich
aufnahm.
Doch auch auf Erden erwächst, Jahre nach
Jahren, dein Ruhm
Enkel werden dich einst, dich, glückliche Asche,
verehren;
Und so leb' ewig wohl, ewig, o Redlicher, wohl.

Petr. Lotich.

## Nachschrift.

Der Wunsch, den ich in diesem Andenken
Huttens vor siebzehn Jahren geäußert hatte,
seine Schriften gesammlet und sein Andenken le-
bend erhalten zu sehen, schien im Jahr 1783
eine glückliche Erfüllung zu erreichen. Der erste
Band von Huttens Werken (Vlrici ab Hutten
opp. T. I. ed Chrilt. Jac. Wagenleil, Lipl. 1783)
erschien; und da er sehr merkwürdige, abwech-
selnde, schön geschriebene Briefe dieses Mannes
enthielt: so war kaum zu zweifeln, daß nicht auch
seine sinnreichen Gespräche, seine Poesieen,
endlich auch die Stücke seiner erhabnen, fort-
reißenden Beredsamkeit folgen würden. Aber,

als

als ob der Unstern, der Hutten im Leben begleitete, ihn auch im Grabe nicht verließe, erschien
folgende Anzeige des Herausgebers

## An das deutsche Publikum.

Ich habe in der Michaelismesse 1783 den ersten Theil
der Schriften Ulrichs von Hutten herausgegeben,
in der festen Ueberzeugung, daß dies Unternehmen
dem Publiko nicht anders als angenehm seyn könne.
Mit wie mannigfaltigen Schwierigkeiten ich zu kämpfen hatte, bis ich Huttens Schriften zusammen
brachte, die man über 100 Jahre vergebens suchte,
wie lang ich umsonst nach einem Verleger strebte, wie
äußerst sauer mich die undankbare Mühe des Abschrei-
bens ankam, — davon will ich nichts reden. Aber es
ist Zeit, zu sagen, daß ich für Deutschlands Ehre drey
Jahre vergebens gearbeitet, ohne Dank und Lohn gearbeitet habe, (denn die 2 Thlr. Buchhändler-Bezah-
lung, die ich beym ersten Theil erhielt, verdienen
doch wohl nicht Belohnung zu heißen?) — Man lese
das „Denkmal Ulrichs von Hutten" und man hat
alles, was ich sagen kann, um die Erhaltung seiner
Werke zu empfehlen, das er zur National Angelegenheit machte. Ich hofte, man werde mit Wärme die
Früchte seines treflichen Geistes aufnehmen, werde
mirs danken, daß ich sie gesammlet habe; — aber wie
sehr hab ich mich betrogen! — So kalt, so nachläßig

hat man den fadeſten Roman nicht empfangen, als
den edeln, deutſchen Hutten. Ich ſollte denken, wer
nur ſeine Briefe geleſen hätte, müßte begierig ſeyn,
auch die übrigen Schriften zu beſitzen, die vielleicht in
ganz Deutſchland niemand vollſtändig hat. Unſre
Ariſtarchen fandens nicht der Mühe werth, meine Ausgabe anzuzeigen; denn von etlichen kritiſchen Journalen, die ich leſe, ſtund in der einzigen Meuſelſchen
Hiſtoriſchen Litteratur eine kurze Recenſion. Die Urſache
dieſes Stillſchweigens bin ich nicht fähig zu errathen.

Da der Verleger zur Fortſetzung nicht Luſt bezeugt,
ſo bleibt mir kein anderer Weg übrig, als mit dem
Publikum ſelbſt über dieſe Angelegenheit zu ſprechen.
— Huttens Schriften liegen zur Erſcheinung beynahe
ganz fertig, und ſollen auch erſcheinen, woferne entweder ein biederer Buchhändler ſich zum Verlag der
drey rückſtändigen Theile meldet, oder man mich auf
andere Art, ohne Buchhändler Honorarium, zu unter-
ſtützen Willens iſt. Im Gegentheil will ich mein Ma-
nuſcript — nicht verbrennen, ſondern für eine dank-
barere Nachwelt aufbewahren, zum Zeichen, wie warm
meine Zeitgenoſſen für die treflichſten Männer des Vaterlandes ſorgen. Vielleicht, wenn ich lange geſtor-
ben bin, findet's einer, und aerntdet, wo ich geſät
habe, läßt ſich die Arbeit bezahlen, die ich umſonſt
vollendete, für die ich oft auf jugendliche Freuden und
manches andere Verzicht that.

Hut-

Hutten starb Lebens unsicher, vertrieben, in Armuth fürs Vaterland, schrieb für Deutschlands Freyheit, Religion und Aufklärung mit Demosthenischem Geiste, litt und starb für sie. Die edelsten seiner Zeitgenossen, Luther, Melanchthon, Peutinger, Pirkheimer und andre liebten ihn und schätzten seine Schriften: aber dritthalb hundert Jahre nach seinem Tode muß der Herausgeber derselben beinahe vor dem Publikum betteln, daß es den Mann nicht einer unverdienten Vergessenheit überlaßen soll. Es ist wahr, wie es in dem oben angeführten Denkmal heißt: „Vermuthlich soll wieder ein“ Franzose oder ein Ita„liener kommen, und uns Huttens Werke, wie die Schriften unsers unsterblichen Leibniz sammeln!„ dann werden sie, wills Gott, schon gekauft werden.

Es ist dies eine Anfrage, an die Weisen und Guten der Nation! Halten sie's der Mühe nicht werth, meinen Wunsch, Huttens Werke ganz herauszugeben, zu begünstigen; — nun, so mag es unterbleiben, und der Himmel vergeb' es mir, daß ich nicht, indeß ich meine Zeit damit zubrachte, etwas gethan habe, wofür man mir lieber etliche Gulden bezahlt und mich vielleicht mit grossem Beyfall gerühmt hätte. Sollt ich aber auf irgend eine Art zur Fortsetzung unterstützt werden; so ersuch ich den Biedermann, der sich für mich und meinen Hutten intereßiren will, sich schriftlich deßhalb an mich zu wenden. Sein Vorschlag

könn

könnte leicht in einem Journal stehen, das ich nicht zu
sehen bekäme. Sollte sich bis zu Ende des jetzigen
Jahrs niemand finden, so will ich es sodann in den
Zeitungen anzeigen.

**Wagenseil**
Gelehrter zu Kaufbeuern.

Was ist hiernach zu sagen? Wird eine zweite
Aufmunterung bewirken, was die erste nicht bewirkt hat? Vielleicht; und der für Hutten gut-
gesinnte Herausgeber würde sich sodann gewiß be-
streben, auch durch die dem Werk nöthigen Erläuterungen ihm allen den Eingang und Nutzen
zu verschaffen, ohne welche dergleichen Schriften
doch nur alte Reliquien bleiben. Vielleicht be-
kommen wir wenigstens die schönsten Arbeiten
Huttens, seine Gespräche; und so hätten wir
mit diesen und den Briefen schon viel. Bis endlich, vielleicht unversehens, ein Hutten selbst
sich seines tapfern biedern Vorfahren annimmt,
und die Kleinigkeit daran wendet, die Werke dess-
selben dem Staube der Vergessenheit zu entreissen.

γενοιτο!